少數의 詩學

－들뢰즈와 가타리의 리좀적 思惟樣式

少數의 詩學

－들뢰즈와 가타리의 리좀적 思惟樣式

김승숙 지음

한국학술정보㈜

머리말

질 들뢰즈(Gilles Deleuze)와 펠릭스 가타리(Félix Guattari)는 『카프카: 소수문학을 위하여』(*Kafka: Toward a Minor Literature*)에서 소수문학의 탈영토화, 정치성, 집단적인 가치에 대해 상세히 밝히면서, 언어, 문학, 권력 간의 연관성에 대한 의문을 제기한다. 그들은 프로이트의 정신분석과 무의식 개념의 표상의 역사를 비판하고, 정신분석을 자본주의 체제의 산물로 비판하면서, 전통적인 언어 개념을 전복, 확산시킴으로써 라보프의 화용론에 특권을 주는 '분열언어학'(schizolinguistics)을 전개한다. 그리하여 정치, 사회, 역사적 환경을 포괄하고 문학외적인 영역을 포용하는 문학적 사유를 펼치게 된다. 그들은 촘스키의 수목적(arborescent) 체계의 언어 이론적 관점과는 달리, 그 구조적 경계를 뛰어넘어 모국어의 지배적 질서화를 거부하고 관습적 의미를 박탈하여 언어의 탈코드화를 시도하면서, 존재의 변화운동을 수용하고 갈등의 분절을 위해 끊임없는 언어의 '변주'를 강조한다.

소수문학은 다수 언어 내의 소수성(minority)을 실험하는 문학이다. 들뢰즈와 가타리는 카프카의 문학을 소수문학으로, 프라하의 독일어를 탈영토화된 소수적 언어로 분석한다. 그들의 카프카 해석은 기존의 정신분석학적 접근과 달리, 반—오이디푸스적, 긍정적, 창조적 관점을 지닌다. 그들은 프라하 유태인들의 언어적 한계상황을 끊임없는 변이과정을 거치는 탈영토화의 강밀도적 언어사용으로 분석하고, 카프카의 글쓰기—기계를 리좀적 텍스트로서 오디푸스적 욕망을 분절하고 해체하는 소수문학의 실험적 글쓰기로 분석한다. 소수문학 작가들의 언어적 실험은 리좀적 글쓰기로 재현의 이데올로기적 문학이 가지는 언어이론을 전복하는 전위적인 노매돌로지(nomadology)이다.

들뢰즈와 가타리가 추구하는 예술적 본질은, 리비도가 가시화되는 무의식 결정체(crystal) 안에서, 결정화 과정을 통해 잠재적 이미지를 해방시킴으로써 탄생된다. 결정체 이미지는 잠재적인 영역들로부터 우리를 무한의 열려 있는 장으로 펼쳐 나갈 수 있게 하는 개념이 된다. 또한 그들의 잠재태와 현실태는 물질의 잠재적 차원을 수용하여 보이지 않는 혁명적인 힘이 추상에 그치지 않도록 현실화하는 힘을 가정하여 사건—의미들이 의미작용을 거쳐 계열화되는 역동적이며 종합적인 선험철학을 제시한다. 추상기계(abstract machine)는 삶의 거대한 다양체들이 형성되는 과정 혹은 분기되는 그 '사이' 또는 '중간'에, 욕망하는 생산의 잉여로 생성된다.

소수 작가들은 텍스트의 에너지인 벡터로, 하나의 텍스트가 가지는 불가능성이나 극한에 대한 실험을 시도하고 새로운 분석적 전략을 세운다. 내재성의 정합면의 익명적 힘들과 미형성 질료, 즉 입자들의 엑세이테와 힘의 디아그램들로 구성되어 있는 추상기계는 내재성의 장을 채우고, 드러나는 힘에 따라서 존재 양식과 배치의 리얼리티를 측정한다. 배치는 공감과 공생의 기능을 찾아 주는 역할을 하게 된다. 소수문학적 사유는 힘과 에너지의 가역적인 흐름의 생성에 주목하여, 이른바 '역동적 구조주의'라고 부를 만한 종합적인 선험철학을 제시하는 창조성의 정치학이다.

들뢰즈와 가타리는 현대의 예술작품의 의미나 재현보다 기능과 작동에 중점을 두면서 의미작용보다는 글쓰기-기계의 작동, 즉 부분 대상의 결합을 통해 흐름이 지속되는 생성적, 역동적 글쓰기를 강조한다. 예술작품들은 '욕망하는 생산'(desiring production)의 '욕망하는 기계들'(desiring machines)이다. 들뢰즈는 『프루스트와 기호들』(*Proust and Signs*)에서, 로버트 프루스트(Robert Proust)의 『잃어버린 시간을 찾아서』(*In Search of Lost Time: A la recherché du temps perdu*) 분석을 통해, 각 부분들이 하나의 전체로서 작동하는 '기계' 개념들을 밝히고, 욕망하는 생산, 욕망하는 기계들의 연결과 접속 그리고 욕망의 분절들을 제시하고, 기계들과 시간의 질서들을 연결하면서, 이 작품을 '시간의 진리 찾기'로 분석한다. 그 진리들은 '표현ㅡ기계'의 수동적 종합을 통해 이루어진다. 또한 '공가능성' (commensurability)과 '불공가능성'(incommensurability)은 '횡단성'(trans versality) 개념을 통해 체재 전복적 사유의 초석이 되며, 동시에 '우발성'(contingency)의 '사건'차원을 도입하여 '카오스모스'(chaosmos)의 우주관을 수용할 수 있는 사유를 제시한다.

세계는 더 이상 단일한 유기적인 체계가 아니라 다양하게 분기하는 카오스모스이다. 들뢰즈는 이 개념을 '하나의 특이성이 수많은 방식으로 다른 것과 연결될 수 있는 리좀(rhizome)'(*Essays* xxvi)이라고 표현하고 있다. 리좀적 글쓰기는 무한한 접속의 가능성을 열어 주는 글쓰기로, 아리스토텔레스가 말하는 유기체론을 통해서가 아니라, 기관 없는 신체(body without organs)에서 사방으로 확산되는 다양체인 '리좀'을 통해서, 신체를 가로지르는 유목민적 사유를 모색해 나가는 것이며, 문학적 상상력을 부추기고 이데아의 병폐를 '다양체'로 포획하여 현실의 잠재성으로부터의 새로운 생성을 가능케 한다.

리좀적 글쓰기는 실제의 잠재성을 찾아내어 현실화되는 추싱기계를 구성하는 일이며, 차이를 발견하고 언표하는 작업이다. 그리하여 언어의 획일화를 지배하는 권력이나 지정된 상수들의 법칙을 초월하여 차이를 생성함으로써 저항적인 역할을 이루어 낸다. 들뢰즈는 사건과 의미가 하나의 단일한 표면을 형성한다고 보고, 스토아학파의 비물질이론을 빌려 착란과 혼돈의 분열증적인 관점을 형성한다. 들뢰즈 미학의 중심적 개념은 '표현'이다. 들뢰즈는『주름』(Fold)에서 라이프니츠를 빌어 표현의 '접힘'과 '펼쳐짐'이란 개념을 다루면서, 모나드의 독특한 관점이 하나의 차이를 이루는 관점이 됨을 주장한다. 소수문학 작가들은 '표현 가능한 것'에 대한 실험적 시도를 하며 이를 통한 차이와 영원회귀의 반복과 개체화 과정에서 시뮬라크르가 생성된다. 차이와 반복을 통한 의미의 일의성(univoicity)은 다수에 대한 전복적 시도이자 비인칭적, 전개체적 추상화이다. 잠재적 차이의 집합들로서의 의미와 사건은 단일한 선험적 장을 형성하며, 이때 텍스트는 말의 구성체가 아니라 언표행위의 집단적 배치이자, 구축되는 하나의 사건이 된다.

실재에서 실험을 시도하는 소수문학 작가들은 '도래할 민중'(people to come)을 창조한다. 그리고 그들의 글쓰기는 살아가는 삶의 사이, 글쓰기와 그 외부, 외부의 세계와 언어 외부의 적절한 관계와 본질 및 그 기능에 대한 윤곽을 그려 내는 지도 제작적 작업이 될 것이다. 궁극적으로, 들뢰즈와 가타리가 소수문학에 대해 가지는 목표는 새로운 문학, 즉 미래의 민중창조와 결합될 언어적인 실험이 실현되는 문학이다. 그리하여 그들의 리좀적 사유양식은 문학의 비정전적 전통과 문학외적인 영역을 여는 도구로서 유용하며 그 실천적 가치를 가지게 된다. 또한 그들은 문학적 담론과 비문학적 담론의 구분에 대해 매우 설득력 있는 비판을 가했으며, 모든 사유를 예술적 창조성으로, 모든 글쓰기를 과학적 실험으로 이해할 수 있게 하였고, 문학 즉 예술이 가지는 영역을 과학적, 정치적, 경제적 범위에까지 확대하면서 그 실험의 영역을 넓힌 광범위한 이론적 대안을 제시해 주었다. 소수문학은 기존의 문학이 가지는 한계를 극복하고 경계의 안과 밖을 구분하지 않는 분열분석을 통해 무한한 영역을 탐색하고,

포괄하였다. 그러나 그들의 사유는 이론화하기에는 어려움이 따른다. 하지만 그들 스스로가 소수 문학적 사유가 하나의 '도구상자'이기를 기대하였으므로 실천적인 면으로 비판의 여지는 있지만, 기존의 사유는 기존의 문학체제를 벗어나 사회와 예술의 주변성을 탐구하기 위한 긍정적, 창의적 문학적 사유를 제시한 점으로 높이 평가할 만한 것이다.

2009. 1.

김승숙

* 이 책은 본인의 박사학위 논문을 부분적으로 수정한 것입니다. 그리고 이 책의 부족한 부분들은 필자의 후속작업으로 남아 있습니다. 지면을 빌어, 박사학위 논문완성을 위해 여러모로 지도해 주신 정형철 교수님께 감사드리며, 항상 사랑과 관심으로 격려해 주신 아버님께 감사드립니다. 그리고 늘 변함없는 후원을 보내온 용준, 제준의 학업에도 발전이 있기를 기대하며, 힘들 때마다 벗이 되어 준 손순미와 사공일 선생님에게도 감사드립니다.

I

언어의 탈영토화

1. 카프카의 일기와 소설

들뢰즈와 가타리는 카프카의 1911년 12월 25일 일기에서 소수문학의 이론에 대한 영감을 얻는다. 카프카는 1911년 초 이디쉬어 극단 일행의 공연에 참석하여 폴란드계 유태인 배우인 이차크 뢰비(Jizchok Löwy)와 가까운 친분을 맺으며, 바르샤바의 유태인 문학에 대한 뢰비의 설명을 듣고 자신의 체코 문학에 대한 관심과 더불어 소수문학(minor literature)(문자 그대로 '작은 문학')의 역학에 대한 반성을 시작했다. 카프카는 "다수의 문학에서는, 밑에 가라앉은 구조물을 이루는 데 꼭 필수적이 아닌 지하실과 같은 것이, 소수의 문학에서는 충만한 일광을 받으며 드러나고, 다수문학에서는 몇 사람의 관심을 끄는 그런 문제가 소수문학에서는 모든 사람들에게 생사가 걸린 핵심적인 문제가 된다"(*Diaries* 194)고 썼다.

카프카의 밀도있고, 투명한 일기의 도입 부분에 대해, 리치 로버트슨(Ritch Robertson)은 "문학 사회학에 관한 에세이"(24)로 평가하고 있으며, 로널드 보그(Ronald Bogue) 또한 카프카의 일기의 중요성에 대한 로버트슨의 강조점들을 주목할 만한 것으로 평하였다. (*Deleuze on Literature* 201) 들뢰즈와 가타리는 카프카가 언어적으로 불안정하고, 변칙적인 상황에도 불구하고, 자신이 처한 환경에서 사용되는 발화–행위의 새로운 의미론적 용법들을 고안하고, 언어를 통해 행사되는 권력의 다수적 배치들을 '소수화'하는 작가로 밝히고 있다고 보그는 주장한다.(*Deleuze on Literature* 5) 그들은 기존의 카프카의 작품들에 대한 정신분석의 오디푸스적 해석을 거부하고, 탈영토화된 언어의 소수문학 작품들로 새로운 분석을 시도한다.

카프카의 프라하 독일어는 정통 독일어 사회와 분리되어, 체코어에 근접하기 위한 수많은 변형을 겪었고, 어휘적 빈곤함은 강렬하고 다양한 변화를 겪는 다중발성법(polivocality)을 요구하는 변이 과정을 겪고 있었다. 카프카는 소수문학이 한 국가나 민족에 주는 많은 이점들을 목록화했다. 카프카는 소수문학이 정신과 영혼을 뒤흔들면서 대중의 삶에 결핍될 수 있는 통일된 국가의식을 마련하고, 적대적인 환경에 맞서면서 통일된 국가에 대한 자긍심을 가지게 하며, 그것이 "전체에 대한 존경심을 가지게 하면서 한 민족의 지속적인 통합"(*Diaries* 192)을 생산한다고 보았다. 그리하여 그 문학이 아버지와 아들 간의 반명제에 대한 논의를 가능하게 한다고 보고 그러한 문화적 환경에서는 문학이 즉각적이면서도 활기찬 힘이 되고, 거리감을 두는 평가의 문제가 아니라, 역사적 문헌과는 완전히 다른 "국가에 의한 일기 쓰기로 더욱 빠른 발전을 유도할 수 있다"(*Diaries* 191)고 판단했다.

이러한 문학적 이점은 작은 나라에서 더 가능할지도 모른다. 카프카는 다수문학 작품의 독자들은 작품 그 자체가 아니라, 국가전통이 가지는 그 작품의 명성과 지위의 아우라를 가지지만, 소수문학은 문학 역사적으로 볼 때 지배적인 인물이 없다는 점이 독자의 취향에 따라 동요를 일으키지 않는 안정적인 정전을 가지는 일을 가능케 한다고 보고 소수문학의 역사가 "그 시대의 취향에 의해 거의 영향을 받지 않는 어떤 변함없는 믿을 만한 전체적인 것"(*Diaries* 193)을 제공한다고 썼다. 그리하여 카프카는 그러한 "문학은 문학사의 문제라기보다는 민중에 대한 관심과 애정에 대한 것이며, 완전하진 않지만 최소한 믿을 만한 정도로 보존될 수 있다."(*Diaries* 193)고 주장한다. 카프카의 이러한 생각에 의해 만들어지는 문학 공간이 들뢰즈와 가타리가 주장하는 소수문학의 공간이다.

클라우스 바겐바흐(Klaus Wagenbach)는 프리츠 모드너(Fritz Muthner)의 1918년 프라하에 대한 회고 모음집의 내용에서 "체코의 시골 사람들 중, 보헤미아의 그 독일인은 건조한 빛깔 없는 독일어(paper German)를 말하며 (……) 풍부한 모국어 표현과 방언이 부족하여 그 언어는 빈약하고, 풍부한 방언의 상실로 인해 멜로디도 상실되었다."(77)라고 쓴 부분을 인용한다. 또한 그는 루돌프 바사타(Rudolf Vasata)의 1946년 카프카의 문체 비평에 대한 유사한 관찰을 주목했다. 바사타는 "중세 라틴어와 같이 죽은 언어, 살아 있는 언어 용법에서 벗어난, 빈약한 점으로 순수한 (……) 그것이 카프카의 전달수단이 되었고, 그것은 바른, 술 취하지 않은, 하지만 유연한 표현력을 지닌 것"(Wagenbach 80)으로 비평했다. 모드너와 바사타는 카프카의 언어에 대해 빈약함을 주목한 반면, 들뢰즈와 가타리는 오히려 그의 언어에 대해 소수문학의 높은 계수의 탈영토화한 언어적 특징으로 접근했다.

프라하 독일어를 말하는 많은 사람들은 결정적으로 체코어의 악센트를 사용하였고, 비표준화된 변화를 겪으면서 빈번하게 체코어 문법구조의 영향을 드러냈다. 바겐바흐는 이러한 특징 가운데 전치사의 바르지 못한 사용이나, 대명사적 동사의 오용(*sich spielen*), 관사의 생략 등을 중요한 특징으로 지적한다. 전반적인 어휘 부족으로 의사소통을 위한 용어들은 끊임없이 단순화하여야 하였고, 체코인들만의 독특한 어법을 유발하게 하였다. "예를 들어, 독일어를 말하는 프라하인들은 *legen*, *setzen*, *stellen*, *abnebmen*(to lay, to set, to put, to remove)와 같은 동사 대신 간단하게 체코어의 *dati*(to give)와 같은 용법인 *geben*(to give) 동사를 사용했다. 이러한 상황에서 사용하는 어휘들은 여러 동사들이 갖는 기능을 고루 가지기 때문에 gibin의 의미론적인 자율성은 무의미해진다"(*Deleuze and Guattari* 193)고 볼 수 있다.

바겐바흐는 많은 프라하의 작가들이 언어적 유동성과 동사의 빈곤함에 대한 보상으로 동사를 풍요롭게 사용하는 반응이 일어나고, 직유, 은유, 상징, 신조어, 복잡하고 기교적인 것, 완곡한 표현 등이 과다하게 부여된 언어로 반응했다는 점을 주목했다(80). 하지만 바겐바흐는 카프카가 이러한 언어적 변화와 빈곤함을 거의 모든 지역적 영향력을 제거한 "매우 개인적인 프라하 독일어"(80)로 대응했다고 보고 그의 언어를 "바른 용법의, 냉정한, 무감동의, 꾸미지 않은, 거대한 이성으로 축조된"(76) 언어라고 주장한다. 그러나 바겐바흐의 이러한 입장에 대해 들뢰즈와 가타리는 "카프카의 프라하 독일어는 이방인의, 소수적 사용에 적절한 탈영토화된 언어"(*Kafka* 17)임을 주장하면서, 카프카의 냉정하고, 무감동적인, 미니멀리스트적 문체를 독일어의 언어적 빈곤함을 수용하고, 탈영토화의 힘을 극한으로 밀어붙인 금욕적 절제를 통한 강밀화(intensification)로 밝힌다.

들뢰즈와 가타리는 "소수 작가들이 모국어를 정복하고 다수적 언어 사용에 있어서 절제를 획득해야 한다"(*Plateaus* 105)고 주장한다. 그리하여 그들은 바겐바흐가 지적한 카프카의 금욕주의적인 절제를 소수문학적 특징으로 보았다. 그것은 새로운 절제의 길로 소수문학의 작가들은 "더 이상 문화나 신화에 의해 구원받지 않을, 심지어 느리고, 질척거리며, 엉켜 붙는다고 하더라도 탈영토화를 향하여 밀고 나갈 것이다. 그것이 절대적 탈영토화(absolute deterritorialization)이다."(*Kafka* 26) 절대적 탈영토화는 언어에서 생산된 요소들이 언어 자체의 자율적인, 기계의 과정에 따라 각 요소들이 자체적인 세계를 열기 위해 문턱을 가로지르는 것을 말한다.

카프카의 문학은 소수문학이다. 들뢰즈와 가타리는 카프카에게서 말이란 의미를 벗어난 것으로 "고통을 내포하는 접속사, 감탄사, 부사이다"(*Kafka* 41−42)라고 주장한다. 심지어 카프카의 작품들에서 개가 짖는 소리, 원숭이가 기침하는 소리, 풍뎅이가 붕붕거리는 소리마저도 절제의 언어형태가 되고, 프라하 독일어를 향한 외마디의 외침과도 같은 구문을 부여한다. 어휘의 감소로 인해 각 단어들이 알아들을 수 없는 극한을 향하여 모든 의미가 단 하나의 음으로 표현되는 소실점을 향해 더 가까이 밀고 나아가는 경우를 예로 들 수 있다. 블레이즈 센드라(Blaise Cendra)의 소설 『모라바이진』(*Moravigine*)은 화성어의 'Ké-ré-keu-ko-kex'와 같은 말로 끝이 나게 되는데, 이것은 "천체의 물질에 대한 나의 호기심을 알고, 모라바이진은 화성어로 단 하나의 단어에 20만 개의 사전적 의미와 같은 중요한 의미들을 고안해 낸다. 그것은 의성어들이다. 즉, 유리-가루 스타퍼의 우두둑우두둑 부서지는 소리"(Cendra 417)와 같은 것이다. 들뢰즈와 가타리는 카프카가 프라하 독일어를 구사하면서 '모든 미개발의 지점'을 찾아내고 그것을 "명징하고 엄격한 울음으로 외치는"(*Kafka* 26) 방식을 통해 탈영토화의 극한을 실험한 것으로 분석한다.

그러나 보그는 들뢰즈와 가타리가 소수적 언어의 사용에 대한 예로, 카프카로부터 가져온 단어들(음성적으로 독일어와 일치하지 않는 이디쉬어 단어들)은 적절하지 못하다고 비판하고 있다. 그들은 카프카의 소수문학의 문체 자체에 대한 언급도 없고, 카프카의 강밀한, 비의미적 언어사용이라는 말이 정확히 무엇을 의미하는가에 대해 『카프카: 소수문학을 위하여』에 제시된 증거로는 규정하기 어렵다(*Deleuze and Guattari* 121)고 비판한다.

다수 문학은 내용에서 표현으로 나아가는 벡터를 따라간다. 하지만 소수의, 혁명적인 문학은 "내용의 형식을 해체하여 순수한 내용이 표현과 함께 강밀도적 질료(intense matter) 안에서 뒤섞이게 한다."(*Kafka* 28) 그리하여 카프카의 작품들에 나타나는 소리들은 의미화하지 않는 언어들의 극한이 되고 그것은 비재현적, 비의미적인 소수문학의 "표현기계"(expression machine)(*Kafka* 28)가 된다. 인습적인 약호의 '좋은 의미'란 강제적인 권력관계의 입법화의 일환이므로, 소수문학은 의미를 정지시키고, 그 자체가 가지는 형태를 파괴하며, 내용의 형식을 교란시킬 수 있는 표현기계를 발전시켜야 한다. 구스타브 자눅(Gustav Janouch)은 "형식은 내용의 표현이 아니라 내용의 자극제이다."(143)라고 주장한다. 다수 문학에서는 내용이 앞서고 사유가 본질이 되지만 소수문학에서는 "말함으로써 시작하고, 그 뒤에 보거나 생각하며"(*Kafka* 51-52), 탈영토화된 언어들 속에서 관습은 와해되고 분해되며, 파편화된 내용들은 배치를 통해 새로운 가능성을 찾게 된다.

들뢰즈와 가타리는 1912년 2월 18일 뢰비의 극단이 공연 전, 카프카가 가졌던 그의 유명한 「이디쉬어에 관한 머리말」(Introductory Talk on the Yiddish Language)에서 카프카가 이디쉬어를 언어적 변형(deformation)의 상태에 있는 것으로 본 점을 주목한다. 카프카는 이디쉬어를 독일어의 한 갈래로 보고 접근하여, 그 관용구가 '짧고 신속하며', 그 구어는 끊임없는 '유동적인 흐름' 속에 있으며, 단어들은 "확고부동하게 뿌리박혀 있는 것이 아니라, 선택되는 그 순간의 속도와 생생함을 유지하는 부분이 있고, 한쪽 끝에서부터 또 다른 끝으로 이디쉬어 전반에 걸친 대이동이 일어나고 있다"(*Dearest Father* 382)고 썼다. 이것이 곧 들뢰즈와 가타리가 말하는 소수문학의 언어가 가지는 특징이다. 다수가 사용하는 독일어가 아닌 프라하의 유태인들이 쓰는 소수적 언어는 선택되는 그 순간의 속도와 강밀도를 지니고 있으며, 생생함을 유지하는 '이동 중의 언어', '과정'과 '움직임'이 중요시되는 끊임없는 변이과정을 겪는 유동적인 흐름의 유목민의 언어인 것이다.

또한 카프카가 자신이 처해 있는 언어적 상황에 대해 "인지하고 있는 것과는 별도의 본질적으로 적극적인 힘 그리고 직관적으로 이디쉬어를 이해할 수 있게 하는 힘과 연관이 있다"(*Dearest Father* 385)고 밝힌 부분은 들뢰즈와 가타리가 끊임없는 흐름 속에서, 짧고 신속하게, 대이동에 의해 횡단되며, 법과 변형이 혼성되어, 표준이 될 만한 말을 갖지 않는 방언들의 혼합물이면서, 직관적으로 이해되는 힘의 장이 되어 버리는 들뢰즈와 가타리의 탈영토화된 언어적 특징과 연관성을 가진다. 들뢰즈와 가타리는 『천의 고원』에서 기표작용에 앞선 언어 상태에 대한 전복을 하나의 기호체제에서 다른 기호체제에로의 변형, 즉 "유비적(analogical) 변형"(137)이라고 부른다.

유비적 변형은 전기호화하는 기호의 체제에서 파생된 것으로, 들뢰즈와 가타리는 "유비적 변형에서, 우리는 잠, 마약, 호색적인 기쁨이 표현에 강제하는 주체적, 기호화하는 체제를 전기호적인 체제(presignifying regimes)로 번역하면서 표현을 형성하는 것을 본다. 하지만 예기치 않은 분절과 복수적 발성능력을 체제에 스스로 부과하면서 저항한다"(*Plateaus* 137)고 밝히고 있다. 프라하의 유태인들이 드러내는 언어적 특징은 이와도 관련성을 갖는다. 독일어 상황에서의 유태인들은 언어적 빈곤에 대해 다중발성법으로 대응하고, 전기호적 체제의 언어적 특징을 드러낸다. 이것이 유비적 변형을 겪으며, 다수적 언어로부터 이탈하는 소수적 언어의 특징이다.

소수문학은 세 개의 범주로 나누어 생각해 볼 수 있다. 수적으로 적은 규모의 집단이나 국가의 문학, 억압받는 소수민족의 문학 그리고 아방가르드적 모더니스트 문학이다. 들뢰즈와 가타리는 "소수민족이 그들의 현실적인 숫자보다 규범으로부터 이탈되는 정도에 의해 정의될 수 있다"(*Plateaus* 105−06)고 주장한다. 전 세계적으로 백인 성인 남자의 숫자는 매우 적을지도 모른다. 그럼에도 불구하고 비−백인이나 여성, 어린이들은 소수로 남아 있다. 언어학적으로 소수민족은 그들 자신의 민족어를 말하는 분리된 소수 그룹일지도 모른다. 또 다른 경우, 소수민족은 공통적인 언어를 특별히 사용하여 더 많은 숫자의 집단으로부터 분화되었을 수도 있다. 후자의 예가 들뢰즈와 가타리가 관심을 갖는 부분이다(Bogue, *Deleuze on Literature* 112−13). 소수문학에 대한 그들의 관심은 언어의 소수적인 사용과 관련되는 것으로 한정된다.

들뢰즈와 가타리는 "소수문학은 소수민족의 언어로 쓴 문학이 아니라 다수언어 내에 소수성이 구축하는 문학이다"(*Kafka* 16)라고 규정한다. '다수'와 '소수'는 두 개의 언어가 아니라 언어의 두 가지 사용 또는 두 가지 기능을 규정하는 방식이다. 그들은 소수문학의 대표적인 작가로 카프카를 예로 들었는데, 카프카는 유태인으로 독일어를 쓰지 않을 수 없는 상황에 놓이게 되고, 그 외에도 베케트는 영어와 프랑스어를, 루마니아 출신 게라심 루카(Gherashim luca)와 스위스인 고다르와 같은 작가들은 외국어를 쓰듯 작품 속에서 더듬거리며 이야기하는 방식을 취한다. 이것은 결국 한 언어가 2개 국어로 보일 수 있다는 것을 받아들인 것이다. 카프카에게 있어서 독일어도 체코어도 아닌 두 언어가 겹쳐진 상태 이것은 '생성'의 순간이다. 이는 작가 르 클레지오가 "인디언−된다"라고 했을 때 결코 인디언도 작가도 아닌 그 겹쳐진 생성 상태를 나타낸다. 그들은 언어의 소수적 사용이라는 방식을 통해 언어의 소수성을 창조하고 아방가르드적 모더니스트들의 언어적 실험을 결집한다. 이런 식의 결합은 언어적 규범으로부터의 이탈을 보여 준다는 점에서 소수적 용례와 예술적 실천은 최소한의 정당성을 지니는 것으로 보인다. 들뢰즈와 가타리는 그들의 텍스트를 통해 소수문학은 언어행위이고, 행동의 패러다임이라고 하는 것을 밝힌다. 이러한 소수문학의 방식은 기존의 우리의 문학이 가지는 영역의 지평을 더욱 넓히려는 시도이며, 영역 간의 경계를 지우고, 문학의 가능성을 더 넓힐 수 있는 실험적인 작업이 될 수 있다.

들뢰즈와 가타리는 『카프카: 소수문학을 위하여』에서 다양체들의 횡단적 통일성보다는 실재 내의 문학기계의 효과 문제에 더욱 관심을 쏟는다. 들뢰즈와 가타리는 카프카의 작품 전체를 다루면서 "문학 기계, 글쓰기 기계, 표현 기계"(*Kafka* 29)로 평한다. 카프카는 소수문학의 실천적 작가이다. 그들은 "카프카의 문학 기계는 소수적 기계이다"(*Deleuze on Literature* 59)라고 주장한다. 카프카의 소수적 기계들은 일기, 편지글, 단편 그리고 소설들이다. 그 기계의 기능은 "도래할 악마적인 권력 혹은 구축되어야 할 혁명적인 힘"(*Kafka* 18)을 개방한다. 그들은 카프카의 작품들을 차례로 열거하면서, 일기를 제외시켰다. 왜냐하면, "일기는 모든 것을 횡단하고, 일기는 리좀 그 자체이기 때문이다. (……) 그는 물고기처럼, 그가 밝히는(환경의 의미에서) 그 요소를 떠나기를 원치 않는다. 왜냐하면, 이 요소는 외부 전체와 소통하며, 편지글의 욕망과 단편의 욕망, 소설의 욕망을 분배하기 때문이다"(*Kafka* 96)라고 주장했다. 『카프카: 소수문학을 위하여』에서는 삶과 일이 상호 침투되고 있다. "위도와 경도의 체제에서 선택되는 것에 따라, 삶과 문학, 예술작품 그리고 사회구조의 선들이 된다"(*Plateaus* 203 — 04)고 밝힌다. 카프카에서는 편지, 이야기, 소설들과 규범 속의 가족들 그리고 공장들, 관료제도의 다양한 기계들은 서로 관련을 맺고 있다.

카프카가 펠리체(Felice)에게 보낸 편지글은 문학 기계의 악마적 권력의 모습을 "직접적으로, 순진무구하게"[1](*Kafka* 29) 드러낸다. 편지글은 사랑의 대체물이며, 결혼을 대신하는 악마적 계약의 산물이다. 카프카는 흡혈귀와 같다. 그는 박쥐와 같은 편지를 보내어 펠리체로부터 생명을 빨아들인다. 그는 언표행위의 주체와 언표의 주체인 자신을 이중화한다. 편지 왕래를 시작한 바로 직후, 그는 『심판』(*The Judgement*)에 이어 『화부』(*The Stoker*) 그리고 『변신』(*The Metamorphosis*)을 내놓는다. 들뢰즈와 가타리는 카프카의 편지글에 대해 "그 글들이 실어 오는 피를 통해서 기계 전체가 움직이게 되는 발전의 전동기의 힘과 같다"고 분석한다.(*Kafka* 35)

단편은 함정이나, 수용소, 감옥, 닫혀 있는 종결, 막힌 공간 그리고 위협적인 기계로부터 궤도를 이탈하는 것과 관련을 가진다. 단편은 탈주선을 그린다.(*Deleuze on Literature* 76) 움직임은 가능한 통로뿐만 아니라 규제하고 숨 막히게 하는 방해물들을 추적한다. 그의 단편 「학술원에 드리는 보고서」(A Report to an Academy)에 나오는 원숭이의 인간－되기 과정이 시작되면서, 원숭이는 우리에서 탈출한다. 작품 속의 원숭이는 "아니야, 자유는 내가 원하는 것이

---

1) 들뢰즈와 가타리가 지적한 바와 같이, 편지와 '악마적인 순진무구함'의 모티프는 『심판』에서 재미있는 형상으로 나타난다. 처음 아버지는 그레고르와 서신 왕래를 해 왔던, 그의 러시아인 친구의 존재를 의심한다. 그 후 아버지는 자신이 그 러시아인 친구와 서신 왕래를 해 오고 있다는 것을 폭로한다.—"편지의 흐름은 방향을 바꾸어, 반대 방향으로 (……)"(*Kafka* 33) 이야기의 클라이맥스에서 아버지는 '좀 더 큰 소리로' 말한다. "그래, 이제 세상에는 너 자신 외에도 뭔가가 있다는 것을 알았겠지, 지금까지, 너는 너밖에 몰랐잖아! 순진한 녀석, 그래, 너는 그랬어, 정말, 정말로 너는 악마 같은 인간이었어! 그러니, 주의해, 물에 빠뜨려 죽여 버릴지도 모르니 (……)."(Complete Stories 87)

아니었어, 단지 하나의 출구, 오른쪽이든 왼쪽이든 혹은 어떤 방향이든, 나는 그것 외에 어떤 다른 요구도 하지 않았어"2)(*Complete Stories* 253 — 54)라고 말한다. 원숭이는 탈출하지만, 그의 탈주를 계속하기 위한 어떠한 수단도 존재하지 않는다. 원숭이의 인간 — 되기를 시작하게 할 어떠한 움직임의 확장도 그에게 연결되지 않는다. 이야기의 구성요소들은 자기 — 파괴적인 기계를 형성하기도 하고, 무(無)에서 작용하는 기계를 형성하기도 한다. 단편에서, 탈주선은 닫혀 있기도 하고 또는 연결되지 않은 채로 남아 있기도 한다. 때로 단편에서 탈주선은 차단되기도 하고(『변신』), 기계적 색인들(mechanic indices)을 통해서 아주 모호하게 지적되기도 하며(『어느 개에 대한 연구』(Investigations of a Dog)), 사회적 장으로부터 분리되어 추상적인 기계 작동이 고립되어 있는 것(『유형지에서』(In the Penal Colony))도 있다. 또한, 『변신』과 같이 통일되고 형식이 잘 짜인 단편들은 그 은신처에 너무나 많은 죽은 결말이 있으므로, 카프카의 작품들을 모두 소수문학적 특징을 갖춘 것으로 분류하는데에는 어려움이 따른다.

---

2) "저는 출구라는 말로 뜻하는 바가 제대로 이해되지 않을까 걱정이 됩니다. (······) 저는 의도적으로 자유라고 말하지 않았습니다. 저는 사방으로 열린 자유의 저 위대한 감정을 의미하는 것이 아닙니다. (······) 가외로 말씀드린다면 인간들 사이에서는 너무도 자주 자유라는 말로 기만당하고 있습니다. 자유가 가장 숭고한 감정에 속하는 것처럼 그에 상응하는 기만 역시 가장 숭고한 감정에 속합니다. 자주 저는 버라이어티 쇼에서 저의 등장에 앞서 어떤 곡예사 한 쌍이 저 위 천장에서 공중 그네를 타는 것을 보았습니다. 그들은 훌쩍 그네에 뛰어올라 그네를 구르고 도약하고 서로 상대방의 품 안으로 날아들고 한 사람이 입으로 다른 사람의 머리카락을 물어서 그를 지탱하고 있습니다. '그것 역시 인간의 자유로구나' 하고 저는 생각했습니다. (······) 그렇습니다. 저는 자유를 원하지 않았습니다. 단지 하나의 출구만을 원했습니다. 왼쪽이든 오른쪽이든 관계없이. 그 출구가 하나의 착각일지라도 말입니다. (······) 하지만 이 탈출구는 도주를 통해서 얻을 수 있는 것은 아니라는 것을 적어도 느끼고는 있었던 것 같습니다."(『단편전집』 261 — 63)

소설은 사람들이 결정할 수 없는 복합적인 기계 부분인 추상기
계에 의해 작동된다. 중단됨이 없이 움직임이 계속되고, 탈주선이
특정한 회로에 연결되는 것은 유일하게 카프카의 소설에서이다. 소
설에서는 기계가 완전하게 기능한다. 연결망이 복수화되고, 무한히
퍼져 나간다. 한편, 결말이 맺어지지 않는, 완성되지 않은 소설은
지루하게 은신처 숨기를 계속하면서 적절하게 작동하는 은신처 기
계이다. 기계의 기능은 결합에 있다. 쓰기 기계의 문제는 이동과
연결의 특정한, 개방된-종결을 가진 회로의 탈주선을 계속하게
하는 종합의 문제이다. 기계들의 기능은 결합하여 작동하는 것이
다. 들뢰즈와 가타리는 욕망하는 기계들의 종합에 대해 다음과 같
이 말한다.

> 세 가지 부분의 욕망하는 기계가 있다. 작동하는 부분들, 부동(不動)의 모
> 터, 인접한 부분들이다. 각 부분들의 세 가지 에너지의 형태는 리비도,
> 누멘, 볼룹타스이다. 부분들의 세 가지 종합은 부분 대상들과 흐름들의
> 연결적 종합, 특이성과 연결고리들의 선언적 종합 그리고 강도와 되기의
> 통접적 종합이다.

> Here are the desiring machine, with their three parts: the working parts,
> the immobile motor, the adjacent part; their three forms of energy: Libido,
> Numen and Voluptas; and their three syntheses: the connective syntheses
> of partial objects and flows, the disjunctive syntheses of singularities and
> chains, and the conjunctive syntheses of intensities and becomings(*Anti —
> Oedipus* 338).

선언적 종합은 기관 없는 신체들의 포함적 이접을 생산하고, 통
접적 종합은 유목민적 주체들의 노마드적인 흐름을 생산한다. 들뢰
즈와 가타리는 '욕망하는 생산'의 개념에 대해 프로이트와 마르크

스의 욕망과 생산의 모티프를 둘 다 변경하여 결합한다. 그들이 생산에서 강조를 하는 점은 상품의 생산, 교환, 분배 그리고 소비의 전통적 개념을 활동과 에너지 순환의 일반적인 과정에 포함시킨 것이다. 그들은 욕망이 결핍이 아닌 정동이나 강도로 편재함을 주장한다. 그리하여 욕망은 리비도화된 질료와 에너지의 흐름들에 의한 요소들 간에 상호 감응이며, 정보들은 각 개체들 그 사이를 그리고 개체들을 통과하여 지나간다고 하는 이론을 내세운다.

카프카의 문제는 욕망하는 생산의 흐름을 합성하고, 복수적인 연접, 이접, 통접을 형성하여, 동작을 생산하고 지속하는 것이다. 이와 같이 카프카 분석에서의 들뢰즈와 가타리의 탈영토화에 대한 논의는 기계들의 연결, 접속 등의 욕망의 생산의 측면으로 분석되고 있으며, 그들은 카프카의 글쓰기 기계를 언어를 개방하여 욕망의 통로들을 다중화하는 리좀적 텍스트로 분석한다. 또한 탈주선, 추상기계와 같은 개념을 이용해, 카프카의 '표현 기계'는 생성을 위한 거대한 종합의 체계로 분석되며 그들의 논의는 사회적, 예술적 주변성을 탐구하는 영역으로 연결될 수 있는 그 가능성을 제시하게 된다.

2. 소수적 언어의 사용

들뢰즈와 가타리는 언어를 상수의 체계로 보지 않는다. 그들은 수행어라는 범주 내에서 모든 언어의 패러다임을 읽는다. J. L. 오스틴(J. L. Austin)의 몇몇 논제에는 언표와 행위의 내재적인 관계,

즉 암묵적, 비담론적 전제를 상정하고, 수행적 발화라는 영역과 발
화수반행위라는 보다 광대한 영역의 발굴로 다음과 같은 중요한
세 가지 귀결에 다다른다.

첫째, 랑그를 약호 체계로 보는 것은 불가능하다. 코드는 모든 설명 가능
성의 조건이기 때문이다. 둘째, 의미론, 통사론, 심지어 음운론마저도 화
행론과 독립하여 언어 과학적 영역으로 정의를 내린다고 하는 것은 불가
능하다. 화행론은 모든 차원의 전제가 되었고 모든 것에 스며들어 있다.
셋째, 랑그와 파롤의 구분은 불가능하다. 왜냐하면 더 이상 일차적인 기
표작용의 외재적인, 개인적인 사용이나 선재하고 있는 통사론적인 다양
한 응용으로 단순히 정의를 내릴 수 없기 때문이다.

First, It has made it impossible to conceive of language as a code, since a
code is the condition of possibility for all explanation. Second, It has made
it impossible to define semantics, syntactics, or even phonematics as
scientific zones of language independent of pragmatics. Third, It makes it
impossible to maintain the distinction between language and speech
because speech can no longer be defined simply as the extrinsic and
individual use of a primary signification, or the variable application of a
preexisting syntax(*Plateaus* 78).

지배적인 언어의 통일된 규칙을 거부하고 화행론을 지지하는 그
들의 사유는 소수문학에 반영되어 있다. 소수문학은 정치, 사회,
역사적 환경과 관련성을 가지는 문학이다. 들뢰즈와 가타리는 언어
학을 일반적인 화행론이나 행동 이론의 세부영역으로 취급하면서
다수언어와 소수언어를 다루는 두 가지 방식에 대해 "다수언어는
언어에서 상수를 뽑아내는 방식이며, 소수언어는 연속적인 변주상
태로 만드는 것"(*Plateaus* 106)이라고 밝힌다. 들뢰즈와 가타리에게
'소수적'이라는 말은 '다수적'이라는 말과 함께 수적인 비교를 나

타내는 말이 아니다. 여성이 남성보다 수가 적지는 않지만 여성은 남성에 비해 소수자이다. 다수성은 척도적인 것이다. '다수적'이란 '지배적인' 내지 '주류적인' 것이고, 언제나 권력이 함축되어 있다. 그러므로 그들이 시도하는 소수문학은 소수적인 언어로 된 문학이라기보다는 다수적 언어 안에서 만들어진 소수자의 문학이다. 예를 들어 히브리어나 만주어로 쓰인 문학이 아니라 독일어로 작업하는 유대인의 작품, 중국어로 작업하는 만주인의 작품이 소수문학이다. 그것은 지배적인, 권력적인 것에서 벗어나는 문학이다.

들뢰즈와 가타리는 언어가 가지는 기능에 대해 언어는 의사소통의 기능이 아니라 명령을 강요하는 것, 즉 명령어의 전달이라고 주장한다.(*Plateaus* 76) 언어는 삶에 명령을 내린다. 명령어는 명령어가 표현하는 내재적인 행위 또는 "비물체적 변형"(incorporeal transformation)(*Plateaus* 80)으로 나아간다. 명령어의 기능과 언어의 근본적인 기능은 비물체적인 변환을 야기하는 데에 있다. 명령어야말로 언표행위의 변수로서 랑그의 방식에 영향을 미치며 이 두 가지 방식을 설명할 수 있는 메타언어이다.

그리고 그들은 "최초의 언어의 결정은 은유나 환유가 아니라 간접화법"(*Essays* 77)이라고 주장한다. 특히 배치물의 결과에 따라 주체화 과정이 결정되며 개체성은 담론에서 유동적으로 배분되는 자유 간접화법에서 드러난다. 동일한 언표는 주체의 여러 다른 위치나 입장을 가질 수 있다. (……) 그러나 이 모든 입장들은 '나'의 형상이 아니라 하나의 '비인칭', '그' 혹은 '사람들', '그가 말한다', '사람들이 말한다' 등등의 양식이 된다.(*Foucault* 7) 언표행위라는 집단적인 배치물이 가지고 있는 것은 언제나 간접화법이라고 볼

수 있다. 언어 전체가 간접화법이다. 언어는 기호로서의 기호소통
이 아니라 명령어로 기능하는 말의 전달이므로 언어는 사본이라기
보다는 지도제작적 활동이다.

　들뢰즈와 가타리는 윌리엄 라보프(William Labov)에 관심을 가진다.
라보프는 언어를 변인들의 체계로 본다. 노암 촘스키(Noam Chomsky)
는 과학적 연구를 가능하게 하는 등질적, 표준적 체계를 실재의
집합에서 재단해 내는 수목적(arborescent) 언어 체계를 주장하는
한편, 라보프는 내적 변이(inherent variation)에 주목하고, 변이형들
(variants)에 대해 양자택일적(구조의 안에 또는 바깥에 두는 문제에
대한) 결정을 거부하는 입장을 가졌다. 그가 말하는 변주는 음성학,
음운론, 통사론, 의미론, 문체론 등 모든 분야를 포괄하는 것이었
다. 그는 "모든 체계는 변이 과정 중에 있다는 것, 체계는 상수나
등질성이 아니라 내재적이고 연속적이라는 특징을 갖는 일종의 변
화 가능성에 의해 정의된다는 것, 그리고 세계는 특별한 양태3) 위
에 조정된다"(Labov 187－90)고 생각했다. 라보프를 받아들이면서
들뢰즈와 가타리는 "변주 그 자체를 체계적인 것"(*Plateaus* 94)으로
받아들인다. 여기서 변주란 중심에서부터 출발한 변주가 아니라 존
재의 변화운동이다. 그것은 방언이나 사투리로 다시 재영토화되는
것이 아니며, 더욱이 다수어와 소수어를 구분하는 문제는 더더욱
아니며 다수어가 탈영토화되어 새로운 이방인의 언어, 즉 소수어를
생성하는 실험화 과정의 문학이라고 할 수 있다.

　들뢰즈는 문장이나 명제 등의 개념 대신 '언표'(the enounced) 개

---

3) 라보프는 상수의 규칙에 대비해서 가변적 규칙 또는 임의의 선택적 규칙 개념을 정의
　하려 한다. 즉 그것은 미리 확인된 주파수일 뿐만 아니라 주파수의 확률 또는 규칙 적
　용의 확률을 표시하는 특수한 양이다.(*Plateaus* 119)

념을 선택하여 그것이 존재의 '비신체적' 변화를 가져온다는 측면을 주목하고 언표행위 개념에 내재된 사용과 실천을 강조했다. 언표는 하나의 체계에서 다른 체계로 끊임없이 옮겨 가게 만드는 어떤 고유한 변이로부터 결코 분리되지 않는다. 들뢰즈는 『푸코』(*Foucault*)에서, 모든 언어학적 인칭체제를 공격한다. 그리고 이 책에서 블랑쇼(Blanchot)가 주체의 위치를 익명적 중얼거림의 심연(deep anonymous murmur)에 두었던 것을 푸코가 다시 반복하고 있다고 언급한다(7). 언표는 횡단적(transversal)인 것이며, 그 규칙은 언표 자체의 층위에 속해 있으며 동일한 위치에 있다. 이러한 점으로 들뢰즈는 "푸코와 라보프가 서로 닮은 것 같다"(*Foucault* 5)고 평가한다. '가변적 혹은 임의적'(variable or optional) 규칙 하에 언표들을 주목하는 그 입장이 그러하다. 언표행위는 언표 자체를 형성하면서, "유일한 어떤 형태에 관계하는 것이 아니라 가변적인 어떤 내재적인 위치들"(*Foucault* 6), 즉 결합과 배치에 발생하는 변용 또는 비물질적인 효과와 연관 짓는다고 볼 수 있다.

  소수언어의 실험화 과정은 동일자로 재현될 수 없는 언어의 변이 과정, 즉 차이를 발견하고 언표하는 작업이며, 언어의 획일화를 지배하는 권력이나 지정된 상수들의 법칙을 초월하여 차이를 생성하게 함으로써 저항적인 역할을 해 내는 것이다. 들뢰즈와 가타리는 『천의 고원』에서 이러한 언어의 탈주선을 언어 내적인 변주능력에서 찾는다. "변주의 선은 잠재적"(119)이며, "가변적 규칙 또는 임의 선택적 규칙"(19)에 의해 정의되는데, 여기서 "체계적인 것은 바로 변주 그 자체"(118)이지 랑그가 아니다. 변주는 통사나 문체를 창조해 내는 과정이다. 모국어를 무너뜨리는 것이 아니라, 주어진 언어적 재료 속에서 생성 가능한 실험을 시도하는 것이다. 이는 라보프에 의한 발음이나 화법을 변용시키는 "자유변이형"4)(*Plateaus* 93)을 포함하여, 온갖 말들의 배치를 통해 변주를 이루어 내는 것이다. 들뢰즈와 가타리는 "모든 언어들은 본질적으로 이질적인 것들이 섞여 있는 실재"(*Plateaus* 93)로 보았고, 언어 외적인 부분을 포용하려는 라보프와 들뢰즈와 가타리의 화용론적인 입장은 촘스키의 언어이론과 비교하여 볼 때, 언어 이면의 잠재적인 영역과 정치, 사회, 역사적인 환경에 이르는 광범위한 영역에까지 그 관련성을 맺게 하려는 시도로 평가된다.

모든 언어는 이 세계를 암호화하고 실체, 행동, 사건의 상황들을 범주화하고, 윤곽을 결정하며, 관계를 세부화하는 경향을 가진다. 언어를 터득하면서, 지배적인 사회질서에 따라 현실을 조직화하는 일이 가능하고, 발화행위가 생기는 곳이면 어디든지 지배적인 사회질서가 확립되고 강화된다. 예를 들어 신랑과 신부가 "이제 너희들을 남편과 아내로 명하노라"와 같은 말에 의해, 남편과 아내로 바뀌듯이 언어는 세계에 대해 비물체적 변형을 유도하면서 작동하고, 발화행위는 코드화되면서, 사물, 행동, 사건의 상태 등을 변화시킨다. 그런 비물체적 변형은 규칙적인 행동 패턴과 조직화된 실체의 외형을 전제한다. 실체들은 변형되고 형체들은 와해되면서 강렬한 물질의 비물체적 역량(puissance: pouvoire), 언어의 물질적 역량, 몸체와 말들보다 더 직접적이고 유동적이며 타오르는 듯한 하나의 질료가 생긴다.

연속적인 변주 안에서 표현과 내용은 분리되지 않는다. 절대적

---

4) 음운론에서 either[i:]/[ai]와 같은 식으로 하나의 음소가 변형되는 현상.

탈영토화가 이루어지고 변수들은 연속적으로 변주되면서 두 형식은 접근되면서 양쪽의 탈영토화의 정점들이 접합 접속된다. 이러한 접속에는 공통 질료가 존재한다. 이 지점에서 추상기계에 이른다. 이것은 순수한 기능―질료(function―matter)로 벡터이자 기호적, 물리적으로 조직되지 않은 경로이다. 언어는 비물체적 변형을 거쳐 무한한 잠재성을 드러낸다. 언어가 가지는 변주의 선은 "현실태적이지 않으면서 실재적인(real without being actual) 것이다."(*Plateaus* 94) 변주의 선은 잠재적이다. 소수문학은 실재의 실험을 통해 잠재적인 힘을 현실화하는 언표행위에 주목한다.

언어의 소수적인 사용에서, 현실의 작가는 연속적인 변이의 잠재적인 선을 끌어들이고 언어 자체를 더듬거리게 하고, 주어진 실제 예에서 활성화되는 연속적인 변이의 특정한 선들을 따르는 변용과정에 들어가게 한다. 소수 작가들은 "언어를 더듬거리게 하여 자신만의 독창적인 고독한 글쓰기를 발견한다."(*Kafka* 25) 그러나 그것은 언표행위의 집단적 배치(collective assemblage)의 실험을 통해서 이루어져야 하며, 주어진 사회적 상황에서 특정한 권력회로를 현실화하고, 언어에 내재한 연속적 변이의 잠재적 선들을 활성화하면서 도래할 민중을 향한 변형의 벡터를 열어 두는 과정 안에 있다.

소수문학에서 모든 언어는 내재적으로 연속적인 변주 상태에 있다. 언어학 일반은 장조이자 온음계이지만 연속적으로 가변적 상태에 있는 언어는 비공시적(asynchronic) 반음계이다. 그러므로 "일반화된 반음계"(generalized chromaticism)[5](*Plateaus* 96)를 통해서 소수

---

5) 반음계주의는 어떤 의미를 표현할 때, 원래 음계에는 없는 반음을 사용하는 방법이다. 옥타브 안에 사용 가능한 반음들은 12개로 확장될 수 있다(이를 들뢰즈 가타리는 '평균율화된 반음계주의'라고 부른다.). 이런 의미에서, 반음계주의는 사용 가능한 모든

되기는 가능해지며 이러한 반음계는 화용론적인 접근에 대한 정당성을 부여한다. 연속적 변주의 가장 적합한 기법은 문체일 것이다. 문체는 언어를 다양하게 사용하는 방식이다. 들뢰즈는 "표현 형식이 더 이상 시니피앙이 아닌 것처럼 내용 형식 또한 시니피에가 아니다"(*Foucault* 86)라고 주장한다. 그는 문체를 통해 언어의 한계를 극복하고 그 가능성을 극대화하는 장치를 마련한다.

들뢰즈와 가타리는 후기구조주의자들인 페르디낭 드 소쉬르(Ferdinand de Saussure)와 클로드 레비스트로스(Claude Lévi-Strauss) 중심의 구조주의자들이 주장한 불변적, 고정적 언어관에서 벗어나 구조로부터의 이탈, 잉여에 주목한다. 자크 라캉(Jacques Lacan)이나 미셸 푸코(Michel Foucault)가 보는 언어구조는 특수한 힘 혹은 구조의 '바깥'과의 관계에 의한 역동적이고, 유동적이며, 불완전한 것이다. 이 역동적인 힘에 대해 라캉은 욕망으로, 푸코는 권력을 통해 분석한다. 반면 들뢰즈와 가타리는 "텍스트 밖에는 아무것도 없다"라고 생각한 자크 데리다(Jacques Derrida)의 텍스트에 대한 관점이나 다른 해체주의자들의 입장과는 달리, 언어의 내부를 극한으로 밀고 가, 안과 밖의 경계를 지우고, 문장의 내용과 표현에 대해 그 안과 밖이 구분되지 않는 전복적이고, 실험적인 시도를 펼친다. 들뢰즈와 가타리는 "언어는 말한 것에 의해서가 아니라, 흐르게 만드는 것에 의해 정의 내려지는 순간 문체가 작동한다. (……) 왜냐하면 문학은 정신 분열과 같은 것이기 때문이다. 문학은 하나의 과정이지 목적이 아니다. (……) 그 자체를 완성하는 순수한 과정

음을 사용하는 방법이라 할 수 있고, 그것이 반음단위로 분절된 소리를 넘어서는 지점으로까지 나아가는 경우 '일반화된 반음계주의'라 할 수 있다.(이진경, 『노마디즘 1』 304)

이고 '실험'으로서의 예술로서 문학이 진행되는 동안 완성을 향해 결코 멈추지 않는 순수한 과정"(*Anti—Oedipus* 133)이라고 주장한다. 그리하여 그들의 실험과 시도는 텍스트 바깥의 가능성의 영역으로 나아간다.

소수문학 개념은 한 민족의 공동체적 삶에 초점을 두며, 사회적인 문제를 해결함이 없이 갈등을 분절해 주는 매개체를 제공해 준다. 소수문학의 언어적 실험은 언어의 배치 속에 존재하는 탈영토화의 잠재성을 찾아내고, 언어만이 발견해 낼 수 있는 "듣기와 보기의 문제와 분리될 수 없는 것이며, 한 언어 내에서, 또 다른 언어를 창조할 때, 언어는 비통사적(asyntactic)이며, 비문법적인(agrammatical) 극한을 향하거나, 언어 그 자체의 외부와 소통을 하게 되는 것"이다(*Essays* iv). 그것은 전에 없었던 신조어 및 통사법을 창조하는 작업이며, "음 높이며, 지속, 시간, 강렬함, 음색 등"(*Plateaus* 120)을 적극 활용하여 목소리의 변화를 꾀함으로써, 차이를 생성하는 새로운 언어적 실험인 것이다. "만약 소수문학의 작가들이 사생아라고 한다면, 그들이 언어를 섞고 혼합하기 때문이 아니라 자기 자신의 언어에 텐서[6]를 확장시키면서 뺄셈과 변주를 이루어 내기

---

6) 한 언어의 내적 긴장을 표현하는 언어적 요소들을 강세도(intensives) 또는 텐서(tensors)라 부른다. 이러한 의미로 언어학자 H. 비달 세피아(H. Vidal Sephiha)는 "개념의 극한 내지 그것을 벗어난 지점을 향해 나아가게 해 주는 모든 언어적 수단을 강세도(intensif)라고 명명한다."(*Kafka* 22)고 밝힌다. 장 프랑수아 리오타르(Jean Francois Lyotard)는 강도와 리비도(libido)의 관계를 가리키기 위해 '텐서'(tensor)라는 용어를 사용하였는데, 들뢰즈와 가타리는 그로부터 텐서 개념을 차용하였다(*Kafka* 94). 텐서로 볼 수 있는 언어의 두 가지 요소는 첫째, 다의어를 만들어 낸다(순전히 문맥적으로 '되기'를 의미하는). 그리고 감정을 묘사하기보다는, 감정을 드러내는 발화이다. 들뢰즈와 가타리는 언어를 통해 표현된 고통의 요소를 강조한다. 의미에 의존하지 않는 순수한 음향이기 때문이다. 그리고 고통, 악, 두려움, 폭력과 같은 것은 강도적 가치를 가진다.(*Essays* 16)

때문이다."(*Plateaus* 105) 소수 작가들은 모국어 사용에 있어서 이방인들이다.

들뢰즈는 『비평과 진단』(*Essays: Critical and Clinical*) 서두의 '문학과 삶'(Literature and Life)이라는 주제에서, 문학은 소수문학이 되어야 함을 밝히고, 언어의 높은 탈영토화 계수, 소수적 글쓰기의 즉각적인 정치적 본성 그리고 언술행위의 집단적인 배치 외에 제4의 양상으로 '비전'(vision)과 '오디션'(audition)을 창안한다. 언어의 극한은 비언어적인 비전과 오디션으로 만들어진다. 들뢰즈는 소수문학의 세 가지 양상을 "모국어의 해체 혹은 파괴, 통사 창조를 통한 언어 내에 새로운 언어 창조 그리고 더 이상 그 어떤 언어에도 속하지 않는 비전과 오디션의 창조"(*Essays* 5)로 나눈다. 어떠한 언어에도 속하지 않는다는 것은 비언어적 극한 혹은 표면을 뜻한다. 비전과 오디션은 "판타지가 아니라 언어의 틈새에서 작가가 보고 듣는 진실한 관념(Ideas)[7]이다."(*Essays* 5) 그것은 되기 안에서 드러나는 영원성이며, 움직임 안에서 일어날 수 있는 풍경과 같은 것이다. 그것이 바로 언어의 외부이다. 비전과 오디션은 작가가 언어 내의 삶의 통로에서 보고 듣는 관념이다.

예를 들어, 들뢰즈와 가타리는 카프카의 독일어, 즉 언어의 현실태적인 소리뿐만 아니라 카프카 작품의 그레고르의 곤충이 붕붕거리는 소리 또한 작가의 소수적 언어사용의 실험형태로 보고 있다. "언어가 너무 긴장하여, 중얼거리고, 더듬기 시작할 때 (……) 모든 언어는 언어의 외부를 표시하고, 언어를 침묵과 대면하게 하는

---

7) 관념(이념): 들뢰즈는 관념을 두 가지 의미로 사용한다. 하나는 『운동이미지』에서 몽타주의 상이한 체계들이 가리키는 관념의 범주이고, 다른 하나는 '미분', '잠재태', '다양체' 등의 속성을 포괄하는 관념이다.(로도윅, 『질 들뢰즈의 시간기계』 496)

극한에 이른다"(*Essays* 113)고 주장한다. 따라서 들뢰즈와 가타리가 말하는 소수문학은 언어의 극한을 실험하는 문학이다.

소수문학은 "여성, 동물, 분자적 우회로에 이르기 위해 바쳐져야 한다. 직선은 없다. 사물에 있어서든, 언어에 있어서든, 통사는 각 경우에 사물들 속에서 삶을 드러내기 위해 창조되는 우회로의 집합이다."(*Essays* 2) 그리고 소수문학의 작가들은 언어의 관습이 가지고 있는 고랑의 외부로 밀고 가 착란적(delirious) 상태가 되게 한다. 언어의 외부는 『의미의 논리』에서 말하는 언어적인 표면이며, 그 표면은 단어들과 사물 사이의 표면이고, 그 한계는 언어를 비언어적인 것과 접촉하게 하는 언어의 극한이다. 만약 언어를 하나의 영역으로 본다면, 그 영역의 외부표면은 마치 얇은 막처럼 언어적인 것과 비언어적인 것을 서로 소통하게 하거나 또는 내부와 외부 공통의 침투 가능한 극한으로서의 영역을 가리킨다. 의미는 단어로 표현되지만, 신체들의 속성을 표현하기도 하고, 비전과 오디션은 언어로 표현되지만, 그 자체가 비언어적인 것이다.

언어의 극한은 비언어적인 비전과 오디션으로 만들어진다(*Essays* iv). 그러나 언어만이 그것들을 가능하게 한다. 비전과 오디션들은 마치 스토아학파의 렉타(lekta)처럼 단어에 나타나는 표면효과이다. 그것은 "단어 위로 부상하는 색깔과 공명의 효과처럼 쓰기에 적합한 그림과 음악"(*Essays* iv)과도 같은 것이다. 비전과 오디션들이 발생하는 곳은 단어들을 통해, 단어들을 가로질러, 단어들을 횡단하는, 단어들 사이에 있다.

소수적 언어의 사용은 지정된 소리를 탈영토화하고 그것을 지정된 사물로부터 분리시켜, 의미를 중화시킨다. 단어들은 의미화를 중단하고, 임의적인 소리의 진동이 된다. 진동은 소수문학 언어가 가지는 무정부적, 전복적 경향을 드러내게 되는데, 이 진동은 의미로부터 무엇인가가 존속하고, 탈주선을 유도하는 수단이 된다. 예를 들어, 곤충-되기에서 '인간'과 '곤충'이라는 용어를 통과하는 탈주선은 단어의 의미로부터 존속하게 되지만, 탈주선에는 더 이상 그 단어들에 대한 축어적 혹은 비유적인 의미는 없다. 곤충-되기에 대한 생각은 은유적 확장(곤충 같은 인간 혹은 인간 같은 곤충)이 아니라, 단어나 사물은 "강밀도적 상태의 연속, 즉 한 방향에서 다른 방향으로 가로지를 수 있는 순수한 강밀도들의 규모나 회로"(*Kafka* 22)를 형성한다. 이 지점에서, "이미지는 통로 그 자체가 되고, 그것은 되기가 된다."(*Kafka* 22) 되기의 과정은 은유라기보다는 일종의 변용과정(metamorphosis)이다.

변용과정은 은유와 반대이다. 더 이상의 고유한 혹은 비유적인 의미는 없지만 그 단어의 범위 안에서 상태의 분배가 있다. 그 사물과 다른 사물들은 탈주선을 따르는 소리들이나 탈영토화된 단어들에 의해 횡단하는 강밀도 외에 더 이상 아무것도 아니다. 그것은 동물의 행동과 인간의 행동 간의 유사성의 문제가 아니다. 심지어 단어유희의 문제도 아니다. 더 이상 인간도 동물도 없다. 왜냐하면 각각은, 흐름의 결합 속에서, 가역적인 강밀도의 연속선상에서 타자를 탈영토화하기 때문이다.

Metamorphosis is the contrary of metaphor. There is no longer either proper or figurative sense, but a distribution of states in the range of the word. The thing and the other things are no longer anything but intensities traversed by the sounds or deterritorialized words following their line of flight. It's not a matter of a resemblance between the behavior of an animal and that of a man, even less of wordplay. There is no longer man or animal, since each deterritorializes the other, in a conjuction of flows, in a continuum of reversible intensities(*Kafka* 22).

소수문학은 강밀도의 연속을 만들며, 변용과정을 유도한다. 변용 과정이란 무엇인가가 변화되고, 구성되며 창조되는 과정이다. 이미지가 되기가 될 때, 동물이 인간'처럼' 말하는 것이 아니라, 의미화 없이 음조만이 추출되어 단어들은 동물'처럼'이 아니라, 스스로 기어오르고, 짖고, 떼 지어 모이면서, 말하는 개가 되기도 하고, 또는 곤충이나 쥐가 되기도 한다. 카프카의 작품『변신』의 서사는 구성적(compositional) 과정에 대한 것이며, 의미의 탈영토화에서 단어들은 프란시스 베이컨(Francis Bacon) 그림에서의 디아그램처럼, 의미로부터 분리된 음향적 방해물 역할을 한다. 그러므로 카프카의 작품은 메타포가 아닌 변용과정을 통해 의미가 해체된다. 들뢰즈의 소수문학에 대한 접근방식에 대해 정형철은 "텍스트에서 담론의 명시적이고 내재적인 구도들 사이에서 논리적인 수사 불가능성을 드러내고, 이러한 양립 불가능성이 텍스트에 어떻게 위장되고 동화되어 버리는지를, 하나의 에너지 즉 벡터로, 텍스트 분석의 특이함, 장식 또는 전략을 제시하고 있다"(정형철,『들뢰즈와 가타리』44-45)고 주장한다. 그러한 에너지는 계산이나 기억, 이야기에 무게를 둔 언어세계를 종결짓고, 스스로를 흩어지게 하며 에너지를 폭발시키기 위한 모든 가능성을 포획하는 "산일성의"(dissipate)(*Essays* 161) 것이다.

소수 작가는 강밀도적 질료에서 표현에 섞여 있는 순수한 내용을 해방시키기 위하여 의미를 정지시키고, 그 형태를 파괴하고, 내용의 형식을 교란시킬 수 있는 표현기계를 발전시킨다. 들뢰즈와 가타리는 "내용이 유입될 엄격한 형식들을 미리 형상화하기 위해서든 혹은 탈주선이나 변형의 선을 따라 내용을 이탈시키기 위해서든 월등히 앞서거나 진보하는 것이 바로 표현이고, 내용을 앞서는 것도 표현"(*Kafka* 85)이라고 주장한다. 소수 작가들은 단어들을 탈기표화하는 소리로 취급하면서 의미를 유보한다. "가장 개인적인 문학적 언표행위는 집단적인 언표행위의 특별한 경우이기 때문에"(*Kafka* 84) 소수 작가는 개인인 주체로서가 아니라 "또 다른 잠재적 가능성을 가진 공동체"(*Kafka* 17)를 표현하는 최고의 위치에 있게 된다. 소수적 작가의 실천은 표현을 통하여 이루어지게 되는데, 들뢰즈는 표현과 관련하여 『비평과 진단』에서, 내용을 앞서는 표현 형태에 대해 다음과 같이 주장한다.

> 저자가 표현의 형태("그는 더듬거렸다")를 그대로 두는 외적 지시에 만족하는 경우, 그에 상응하는 내용의 형태, 즉 분위기가 주는 특질, 단어의 안내자 역할을 하는 맥락이 그 떨림, 소곤거림, 더듬거림, 전음, 진동을 결집시키지 못하고, 유도된 효과가 단어들에 반향을 일으키지 못한다면, 그 효과는 제대로 이해될 수 없을지도 모른다. 이것은 최소한 멜빌과 같은 위대한 작가에게 일어난다. 그에게 숲이나 동굴의 소음, 집안의 침묵, 기타의 등장은 이사벨의 중얼거림과 그녀의 달콤한 '이국적인 어조'를 증명해 준다(『삐에르 혹은 모호함』에서). 또한 카프카는 발을 떨거나 몸을 주기적으로 흔들면서 그레고르의 지껄임을 유지한다. (……) 여기서 언어 효과는 간접적(직접적으로 일어나는 것과 유사한) 실행의 목표가 되고, 그때, 단어를 제외한 어떠한 등장인물도 더 이상 남아 있지 않게 된다.

For when the author is content with an external indication which leaves intact the form of expression("he stuttered"), its efficacity would be poorly understood if a corresponding form of content, an atmospheric quality, a milieu that serves as a conductor of words, did not itself gather up the tremble, the murmur, the stutter, the tremolo, the vibrato, and make the indicated affect reverberate over the words. This at least is what happens with great writers like Melville, in whom the din of the forest and the caverns, the silence of the house, the presence of the guitar testify to the murmur of Isabelle and her sweet "foreign intonations"(in *Pierre, or the*

Ambiguities); or Kafka who confirms the twittering of Gregor through the trembling of his feet and the oscillations of his body. (……) The affects of language here form the object of an indirect effectuation, but close to that which takes place directly, when there are no longer any characters other than the words themselves(*Essays* 108).

멜빌과 카프카에게, 탈영토화된 소리는 내용이라는 형태의 숲과 집 그리고 이사벨의 말에 반향을 일으키는 기타 소리, 그레고르의 경련을 일으키는 신체와 공명하는 흥분에 대한 묘사에서 간접적으로 나타난다. 멜빌과 카프카는 소리와 진동 사이에 소통이 일어나게 하고, 숲과 집 그리고 기타 소리와 말(言) 사이에 반향이 일어나게 하여 탈영토화된 음악적 소리를 찾고, 발을 떨면서 몸에 전율을 일으키는 행위와 지껄임을 통해 구성이나 노래 그리고 발화를 비켜 가는 탈기표적이며, 강렬도적인, 순수한 음향적 질료를 발견하여, 담론에 지시적인 힘을 드러내게 된다. 이러한 과정은 '단어를 통해, 단어 위에, 단어를 넘어서, 단어 위를 가로지르며' 변용태의 반향에 침투되는, 발전적(發電的) 힘을 생성한다. 소수문학은 힘의 움직임을 통해 맥락에 발생되는 변용태 즉 정동(affect)의 움직임에 주목한다.

3. 의미와 표면

들뢰즈는 『의미의 논리』에서 루이스 캐롤(Louis Carrol)의 작품들에 나타나는 개연성 없는 병치와 스토아학파의 사유를 고찰함으로써 감각 혹은 의미의 이론을 전개한다. 캐롤은 작품들에서 옳은 (good) 의미보다는, 논리적인 것과 비논리적인 것을 아우르는 확장된 의미를 드러낸다. 들뢰즈는 캐롤이 『이상한 나라의 앨리스』(*Alice in Wonderland*)와 『거울 나라의 앨리스』(*Through the Looking — Glass*)에서, 스토아학파가 난센스와 패러독스를 통해 비물질 이론[8]에서 밝힌 의미의 불가해한 표면을 재발견했다고 주장한다. 캐롤의 작품들에서 논리를 위반하는 패러독스에 대해 들뢰즈는 "대상이나 주체가 없는, 시간 지표나 일의적인 계열이 없는 과정의 차원이나 명사나 태(態)가 없는 (……) 부정법들의 집합"(*The Logic of Sense* 194)이라고 주장한다.

들뢰즈가 스토아학파의 비물질 이론에 주목하는 점은 비신체적 (asomata) 혼돈의 정서인 분열증적 관점과 관련된다. 스토아학파에게는 신체만이 현실적 존재이며(신체는 영혼과 같은 실체를 포함하는 광범위한 용어로 해석된다.), 신체는 식물과 동물과 같은 유기체의 선을 따라 자라고 자아를 형성하는 실체로 여겨진다. 스토아학파가 인정하는 비물질적인 것의 가장 중요한 것은 신체의 표면에서 발산되는 '표현 가능한 것들'이다. 표현 가능한 것들은 단어의 음향적 실체의 표면이자, 사물의 표면적 속성이다. 들뢰즈는

---

8) 스토아학파는 네 가지, 즉 표현 가능한 것(*lekton*), 공허(*kesos*), 장소(*topos*), 시간(*chronos*)을 비물질적인 것들(incorporeals)로 인식한다. 그리고 스토아학파는 세 개의 사물들, 즉 (1) 지시하는 것(*significans*), (2) 의미하는 것(*significate*), (3) 존재하는 것(that which exists)이 서로서로 연결되어 있다고 본다. 의미하는 것은 소리이다. 존재하는 것은 외부적으로 존재하는 대상이다. 이 두 가지는 소리에 의해 드러나는 현실적인 실체와 우리의 생각과 함께 존속하는 것으로 이해되는 것이다. 그리고 예를 들어, 바바리안들이 그리스어를 들을 때, 이해하지 못하는 것과 같은 것을 스토아학파들은 '표현 가능한 것'이라는 용어로 기술하면서, '의미하는 것'이라고 번역한다.(Bogue, *Deleuze on Literature* 195-96)

사건과 의미가 하나의 단일한 표면을 형성한다고 주장한다.

문학이 의미를 담는 공간이라면 의미는 항상 부분적인 사건이고 문학의 세계는 파편적인 세계이다. 이러한 시각에서 들뢰즈는 스토아학파로부터 이성적 이미지, 변증법적 모델과는 다른 표면효과(lekta) 개념을 자신의 문학 비평에 도입한다. 그에게 언어의 의미는 하나의 시뮬라크르이다. 들뢰즈는 "순간적이기 때문에 경험에 의해 바깥에서 다시 확인하는 것이 불가능한 사건의 차원"(*The Logic of Sense* 27–28)을 도입하고자 한다. 이 사건이 "명제 속에 내속(insister)하거나 존속(subsister)하는 순수한 사건이다."(*The Logic of Sense* 30) 사건은 곧 표현이며, 그 표현된 것의 의미는 명제의 '관념적인 물질'이다. 가능한 의미들의 집합을 묘사하는, 일련의 잠재적 부정법들로 간주될 수 있는 그러한 비범주적, 전 개인적, 비논리적 매개체이다. 의미는 정확히 "명제들과 사물들과의 경계선이다."(*The Logic of Sense* 33–34) 사물들과 명제들은 의미를 경계선으로 맞붙어 있다.

들뢰즈는 말과 사물의 표면에 모순된 역설적인 시뮬라크르를 통해 형성되는 하나의 "형이상학적 표면"(*The Logic of Sense* 150)인 선험적 장이 존재한다고 주장한다. 말은 의미를 표현하지만, 표현된 것은 사물의 속성인 사건이다. 텍스트는 말의 구성체가 아니라 구축되는 하나의 사건이다. 표현된 의미는 신체의 운동이나 충돌 속에서 발생하는 생성으로서의 표면효과이며, 의미와 사건은 잠재적 차이의 집합들이다. 선험적 장으로서 의미/사건과 표면효과, 즉 시뮬라크르들로서의 의미/사건은 동일한 비물체적, 형이상학적 표면을 형성한다.(*Deleuze and Guattari* 120–23) 사건들은 신체의 속성이며, 모든 신체들은 신의 우주적 신체의 자기-원인적 전개 속에 뒤섞인다.

들뢰즈는 모든 신체들은 우주 혹은 신이라고 하는 단 하나의 신체의 일부로 보는 스피노자의 이론9)을 받아들인다. 스피노자는 『에티카』(Ethics) 제1부 정의 1에서 "나는 자기 원인이란 그것의 본질이 존재를 포함하는 것, 또는 그것의 본성이 존재한다고 생각할 수밖에 없는 것이라고 이해한다"라고 쓰면서 자기 원인은 존재하기 위하여 어떤 다른 것에 전혀 의존하지 않는 실체를 말한다(13). 실체는 곧 자연이며, 자연은 신이다. 스피노자의 인식론에 의하면 모든 것은 자연이고 모든 자연은 자연법칙의 지배를 받는다. 들뢰즈와 가타리는 이러한 점을 수용하여 자연이 무한하게 변화할 수 있는 개체라는 점을 받아들인다.

실체는 양태들에 대해 초재적이다. 양태들의 변용 국면을 통해 이해된 개별자를 들뢰즈는 조안 둔스 스코투스(Johannes Duns Scotus)의 용어를 빌려 엑세이테(heccéité, haecceitas)라고 부른다. 엑세이테는 끊임없는 변용을 통해 생성 중인 순수 사건이다.(What Is Philosophy? 26) 들뢰즈의 철학은 사건 중심의 철학이다. 변용상태의 개별자인 "엑세이테는 시작도 끝도 아니다. 기원도 종착지도 아니다. 그것은 항상 진행 중의 것이다. 그것은 점들로만 이루어진 것이 아니라 선으로 되어 있다. 유일하게 선들로만, 그것은 리좀10)이다."(Plateaus

---

9) 스피노자는 실체를 다른 모든 것이 그 안에 내재하거나 혹은 그것에 의존하는 사물들을 위해 남겨 두었다. 실체는 그것의 원인들을 통해서가 아니라 그 자신을 통해서 파악된다. 보다 적은 실재성을 가지면서 의존적인 존재들이 실체의 '양태'들이다. 스피노자는 실체를 일원론으로 본다. 스피노자는 에티카 제1부 정의 5에서 보다 적은 실재성을 가진 이러한 사물들을 변용들(affectations)이라고 부른다.(『스피노자』 23)

10) 리좀(rhizome)은 '뿌리줄기'를 뜻하는 것으로, 『천의 고원』에서 매우 중요한 개념으로 다

25) 들뢰즈는 실체와 자연을 잠재적인 내재성으로 보면서, 삶은 대
상도 자아도 없는 가장 일차적인 순수의식, 즉 끝나지 않는 힘의
운동인 역동론을 전개한다.

　"에밀 브레이에(Emile Bréhier)에 따르면 '표현 가능한 것'이란
물리학적 외관들이자 논리적 부수물이며 표현 가능한 개념들이다.
브레이에는 오늘을 사실과 사건으로 이해한다. 이는 존재의 개념
도, 그 성질 중 하나의 개념도 아니며, 존재에 관련해 언표되거나
긍정되는 일종의 사생아적 개념이다."(Deleuze *and Guattari* 71-
72) 이 개념은 19세기 철학자 마이농이 이용한 '객체'(Objecta) 개
념으로, 동일한 어떤 대상이 여러 가지 방식으로 언표된다는 점을
주목한다. 마이농은 표현된 것으로서의 대상을 명사와 사물을 통해
규정하고자 했다. 그의 객체 개념은 의미의 논리의 근본적인 본성
을 분명하게 한다. '표현 가능한 것'이란 말과 사물 사이에 존재하
는 것이다. 마이농은 '객체' 개념을 사용하여, 표현의 대상 그 자
체가 하나의 대상이라고 주장한다. 이것은 스토아학파의 '표현 가
능한 것'과 같이 '표현된-것으로서의-대상'(object-as-expressed)
이다. 마이농은 표현된-것으로서의 대상을 명사와 사물을 통해
규정하고자 하지만, 스토아학파와 들뢰즈는 그것을 동사와 사건을
통해 규정하고자 한다. 말은 의미를 표현하지만, 표현된 것은 사물
의 부수물인 사건이다. 그래서 의미(말의 표면효과들)와 사건들(사
물의 표면효과들)은 두 측면을 지니는 하나의 표면을 형성한다.(*Deleuze
and Guattari* 72-73) 이러한 의미/사건의 표면은 단어들 사이의 표

룬다. 이 개념은 나무(수형도) 즉, 일자적인 중심(신, 이데아)으로 다른 모든 것이 환원되
는 그런 분지(分枝)의 양상과 대비하여, 중심을 가지지 않는 분지의 모델로 사용한다.

면을 형성하고 '차이의 분절화'(*The Logic of Sense* 37)로서 기능한다.

신체, 실체, 엑세이테 등의 개념과 관련하여, 들뢰즈는 의미의 논리를 힘의 논리로 규정한다. 『니체와 철학』(*Nietzsche and Philosophy*) 에서 들뢰즈는 권력에의 의지(will to power)가 "힘과 힘의 관계를 결정하고 그 특질을 결정하는 미분적, 계보학적인 요소"(61-62)라 고 밝힌다. 이러한 힘의 역동론은 영향을 주고받는 감화력 (affectivity)으로 규정된다. 들뢰즈의 역량[11]은 잠재적인 영역으로 "존재를 위한 능력, 감화시키고 감화받는 능력이며, 주어진 신체에 의해 다른 상황들에서 다양하게 실현될 수 있는 관계망을 복수화하 는 능력이다. (……) 역량은 잠재태(정합면 the plane of consistency) 와 관계하며, 권능은 현실태(조직화의 면 the plane of organization) 와 관계한다."(*Plateaus* xvii) '역량'은 니체의 '권력에의 의지'에 대응 하는 단어이다. 들뢰즈와 가타리는 '권능'(pouvoir)을 푸코의 의미와 아주 유사하게, 제도화되고, 재생 가능한 힘의 관계, 선택적으로 잠 재력이 구체화되는 것에 사용한다.

역량은 말하는 '실존의 능력'이며, "여러 다른 상황 속에서 변화 하는 정도에 따라 주어진 신체에 의해 인식될 수 있는, 접속을 증 가시키는 능력이라고 부르는 것과 유사하다."(*Plateaus* 17) 역량은 단순 가능한 힘이 아니라 그 자체로 실재적인 것이다. 무엇보다도 언어 질서에 기초를 둔 명제를 넘어서는 영역과 관련성을 가지며, 들뢰즈가 "담론과 단어 이전, 사물이 명명되기 이전의 신체에 이르

---

11) 『니체와 철학』에서 들뢰즈는 능력, 가능성, 잠재력, 힘의 의미로서 '권력'(power)을 역 량 또는 역능(*puissance*)으로, 정치적 권력, 권위, 지배의 의미로의 '권력'을 권능 (*pouvoir*)으로 구분한다. 일반적으로 *puissance*는 긍정적으로, *pouvoir*는 부정적으로 다룬 다.(물론 이러한 구분이 항상 유지되는 것은 아니지만)(Bogue, *Deleuze on Literature* 193)

는 것, 최초의 이름, 심지어 그 최초의 이름 이전"(*Cinema* I 173)이
라고 명명하고 있는 것에 대한 추구이다. 역량과는 달리 권능은 매
순간 다른 힘에 의해 충족되고 실현되는 힘으로 구분된다.

보그는 "들뢰즈와 푸코의 목표가 주어진 영토의 자연스러운 규칙
성이 실제로 힘의 유희의 결과물이고, 권력관계의 생산물이라고 논
증하고 있는 것"(*Word, Image and Sound* 94)으로 주장한다. 들뢰즈와
가타리는 스토아주의자들과 스피노자에 이어 사유의 살아 있는 상
태를 육체의 논리와는 별개의 일종의 정신의 자율운동(automatism)
으로, 내적 일관성을 따르는 것으로 이해한다. 그럼에도 불구하고
"사유는 생성해 냈던 물질적 조건들을 역실행(counter-effectuation)
할 수 있는 힘을 얻어 낼 수 있다. 이 경우에서 사유는 더 이상 하
나의 상태로 지각되지는 않지만 되기로서 그리고 구성적이며 창조
적인 과정으로서 지각되는 힘을 전제한다."(괄란디 102) 힘의 개념
은 또한 사건 개념과 연관된다.

들뢰즈에게 언어의 의미란 하나의 시뮬라크르이며, 상식을 거부
하는 역설적인 모순된 존재이며, 언어 내재적인 것이 아니라, 단순
한 사후적 효과이다. 우리가 사물 속에서 의미를 찾는다면 그것은
언제나 이미 끝났거나 막 존재하려는 하나의 사건으로 보인다. 의
미/사건은 아이온의 시간 속에 잠재적으로 존재하므로 일정한 시
제로 표현되지 않고 부정의 시제로 표현된다. 즉 먹었다. 먹을 것
이다. 먹고 있다가 아니라 먹다. 먹음/먹기, 먹는가(의문법은 긍정
과 부정을 유보하고 있으므로)로 표현된다. 부정의 시제를 사용함
으로써 명제의 중성화된 이중체(double)나 환영(phantom) 혹은 환
각(phantasm)을 이끌어 낼 수 있다. 의미는 명제의 '관념적인 물질'

로 의미들의 가능 집합들을 묘사한다. 이러한 언어활동의 과정에서 특이점의 영역 또는 가능성의 장소들이 생겨나고, 그것이 다양한 방식으로 현실화될 수 있는 잠재적 에너지의 준안정적인 상태들이 형성되는 것을 발견하게 된다.

각 특이점들은 여러 방식으로 구현될 수 있는 일종의 부정법으로 기능한다. 그것들은 펼쳐지기 전의 함축적이고 잠재적인 차이의 중심들일 뿐이다. 잠재적 차이의 집합들로서 의미와 사건은 하나의 단일한 선험적인 장을 형성한다. 궁극적으로 그것들은 동일한 비물체적, 형이상학적 표면을 형성한다.(*Deleuze and Guattari* 73) 비물체적인 것과 쌍을 이루는 물체의 개념은 개별화되지 않은 플레늄(plenum)[12]에 대한 원초적인 경험을 제시한다. 들뢰즈의 무의미는 바로 이 미분화된 물체들에 대한 원초적인 경험의 내부에 위치한다. 들뢰즈에 의하면, 우발점은(aleatory point)은 두 개의 분기된 계열에서 생성되며, 의미의 영역이 무－의미의 우발점의 놀이를 통해서 생성된다. 사건의 영역도 우발점의 놀이에서 비롯된다. 결국 우발점이란 차이, 즉 어느 곳에도 스스로 고정되거나, 안정되거나, 단 하나의 정체성을 소유하지 않는 그 자체와 구별되는, 분기되는 결정을 통한 자기 변별화하는 즉, 발생적인 미분화를 위한 형상이기 때문이다.

들뢰즈에게 의미란 개별자의 동일적인 개념에 대해 귀속을 표현해 주는 유사성에 의해 매개되지 않는 존재자들이다. 그것은 개념 없는 차이이며 매개되지 않는 차이이고 차이 그 자체이다. 그의 철학적 사유는 종교의 초월적 사유의 잔재를 추방시키고자 어떠한

---

12) 플레늄이란 빈틈이 없이 꽉 찬 덩어리(우주 전체)를 말한다.

형태의 사유도 거부한다. 그의 사유는 끝까지 사유의 실체를 해체한다. 그의 존재론에서 대존재는 일의적인 것이라고 하는 것이다. 그리고 존재의 일의성이란 "개별화하는 차이의 유전적인, 특정한, 심지어 존재 내의 개별적인 차이보다 앞서는 차이임을 나타내고 있는 것"(*Difference and Repetition* 38)이며, 이것은 유일한 단 하나의 실체임을 밝히고자 하는 것이다. 대존재의 일의성이란 "대존재가 목소리라는 바를 의미하며, 대존재가 생각하고, 존재 스스로 생각하는 모든 것의 동일한 '의미'나 단 하나로 말하는 것을 의미한다. (……) 존재하는 모두에 대한 단 하나의 주장, 모든 유기체에 대한 단 하나의 환영"(*The Logic of Sense* 210－11)이다. 그가 말하는 환영은 "행동도 열정도 아니다. 행동과 열정의 결과 즉, 순수사건이다."(*The Logic of Sense* 210) 우리가 의미를 말속에서 찾는다면 그것은 언제나 이미 끝났거나 막 존재하려는 하나의 사건으로 보인다.

들뢰즈의 환각이란 무의식적 욕망의 실현을 그리는 상상적 각본이다. 들뢰즈는 현실적인 것과 상상적인 것의 구분보다 더 중요한 구분은 사건과 사태의 구분이라 주장한다. 순수사건과 사태를 구분한다는 것은 사건－특이성－의미－환각－이미지 등등의 두 얼굴을 구분한다는 것이다. 환각/사건은 의미의 탄생이다. 환각/사건은 명제 안에 내속한다. 명제의 동사 안에, 환각에서 물질적인 면을 접어 두고 순수사건만을 추려 냈을 때, 바로 이 순수사건은 부정법의 동사 안에 내속하는 것이다. 순수사건은 아이온의 차원에 존재한다. 부정법의 차원은 잠재성의 차원이다. 소수문학의 입장에서 잠재성의 차원은 인간의 외부의 모든 영역을 문학의 영역으로 끌어들였고, 그 가능성의 실험 자체가 곧 문학이 되게 하는 창조적 장의 확대에 기여하고 있다고 볼 수 있다.

본질은 창조 과정에 일어나는 힘이다. 본질은 시원적인 차이이자 개별화하는 힘이며, 그것은 "문체의 연결 속에 감싸여 있는 대상들처럼, 스스로를 육화시키는 질료들을 개별화하고 결정한다."(*Proust and Signs* 48) 본질은 반복을 되풀이하는 하나의 차이이다. 들뢰즈의 차이는 권력에의 의지와 영겁회귀에 나타난다. 들뢰즈의 차이는 현재가 없는 과거, 미래의 아이온 속에 있다. 그것은 구조적인 동시에 생성적이며, 스스로 분화한다. 들뢰즈와 데리다 모두 이를 시뮬라크르라고 한다. 예술작품에서 펼쳐지는 세계를 통해 작용하는, 허위의 징후로부터 진실된 증상을 끊임없이 자기-변별(미분)화(self-differentiation)[13], 자기-개체화(self-individuation)하는 과정이다. 들뢰즈에게 주체는 주체이기 이전에 개체이다. 그리고 개체는 객관적 선험의 장 안에서 형성된다. 개체는 객관적 선험을 구성하는 특이성의 수렴에 의해 형성되며, 계열화를 통해 형성된다.

각 사건은 이중적이고 또 이중체 안에서의 비인칭적인 죽음과 같다. 죽음은 현재의 심연이며, 현재가 없는 시간과 같다. "죽음은 비물체적인 것이며, 무한하고, 비인칭적이며 그 자체 내에서만 정초되는 것이다."(*The Logic of Sense* 151) 소설의 역할과 행위자는 미래, 과거, 현재의 아이온의 선분 위에서 이들과 상응하는 순간적인 '현재'의 관계와 같다. "행위자는 사물의 심층에서 실행하는 것과

---

13) 들뢰즈는 설명/펼침, 그리고 내포/감싸기의 작용들에 대해 diffrénciation(일반적인 의미의 분화)과 diffréntiation(수학적 의미로 미분에 대한 프랑스어)을 구분하면서 미분으로 기술한다. diffrénciation은 현재화되는 잠재계의 구분을 의미하고, diffréntiation은 잠재계 자체 내의 구분을 의미한다.(*Difference and Repetition* 473)

는 다른 하나의 실행을 끌어내어 사건으로부터 가장자리나 빛남만
을 지킬 것이다. 고유한 사건을 통해서 희극배우가 되는 것 이것
이 역실행이다."(*The Logic of Sense* 150) 각 사건은 심층적인 원인들
에서 벗어나 일의성의 환각의 변용태에서 광휘를 갖게 되고, 그
순간 행위자는 늘 미래와 과거로 분할되는 동적인 순간인 현재 즉,
아이온의 시간에 놓이게 된다. 과거와 미래, 기억과 기대의 차원은,
현실적 존재를 갖지 못한다.

하지만 들뢰즈가 아이온이라고 명명한 사건의 시간은 무한의 시
간이다. 미분화되지 않은 동사의 아이온의 시간에서 행위자들의 역
실행이 이루어진다. 사건을 통해 드러내고자 하는 의미는 오직 동
사에 의해서만 표현될 수 있다. 동사와 달리 형용사와 명사는 생
성을 표현하는 대신 "일정한 고정적 관계를 유지할 수 있도록 해
주는 정지와 휴지"(*The Logic of Sense* 11)를 가리킴으로써 사물이나
사태의 동일성을 보장하기 때문이다. 반면 동사는 "외부적 행위의
이마주가 아니라 언어에 내재적인 반작용의 과정"[14]으로서 "지시
작용(designation), 현시작용(manifestation), 기호작용(signification)의 관

---

14) 동적발생이란 물체의 운동을 통해서 의미가 발생하는 과정을 말한다. 이것은 의미가
   개체, 인칭, 개념 등과 관계를 맺음으로써 지시작용, 현시작용, 기호작용이 성립하는
   '정적 발생'보다 더 심층적인 차원에서의 발생이다. 들뢰즈는 동적 발생을 논하면서
   멜라니 클라인의 정신분석학을 토대로 삼는다. 정신분석학에서 언어와 에고의 성립을
   설명하는 논의를 토대로 동적 발생을 전재하고 있다. 멜라니 클라인은 유아의 성장단
   계를 편집적이고 분열적인 젖먹이 단계, 우울증적인 유아 단계, 성적이고 오디푸스적
   인 단계로 나눈다. 젖먹이 단계에서 어린아이는 투출과 투입의 과정만을 겪으며, 물질
   적인 심층단계에 머무른다. 유아단계에서 아이들은 조금씩 형이상학적인 표면(객관적
   선험)으로 올라오게 되며 바깥에서 들려오는 목소리를 통해 물질의 차원을 벗어나게
   된다. 성적인 단계에 이르러 어린아이는 오디푸스 콤플렉스를 겪게 되며, 이 과정을
   통해서 에고와 형이상학적 표면이 형성된다. 들뢰즈는 멜라니 클라인의 이론을 스토아
   철학을 논하면서 제시했던 심층, 상층, 표면의 사유에 상응시킨다. 그렇게 함으로써 어
   린아이가 차츰 형이상학적 표면으로 상승하는 과정을 그린다.(*The Logic of Sense* 36)

계[15])에 의해 그 모든 변화－시제, 인칭, 법의 총체－를 굴절"(*The Logic of Sense* 215－16)시킨다는 점에서 생성으로서의 의미를 표현할 수 있다. 의미를 표현하는 동사는 "부정법의 형태 또는 분사의 형태나 의문의 형태"(*The Logic of Sense* 44)를 띤다. 부정법은 주어의 시제나 인칭이 결정되지 않은 채로 남아 있는 순수한 의미에서의 동사이다.

순수사건은 시간과 운동의 차원에서 아직 현실화되지 않았지만 명제 속에 내속화하거나 존속하는, 즉 잠재적으로 존재하는 무의미로서의 사건이다. 들뢰즈의 의미론 역시 차이와 지연으로 인한 의미의 결정 불가능성을 강조하는 기존의 해체주의자들의 입장에서 크게 벗어나지 못한다. 하지만 악마들의 저장소와 같은 현존으로 무의식을 간주하는 것을 거부하고, 우리가 확실하게 알고 있다는 것을 동요시키고, 모든 재현적인 과정을 제거하고 그것으로부터 일탈시키는 근본적인 타자성을 무의식이라고 본다. 데리다와 들뢰즈 둘 다 프로이트를 거부하지만 데리다의 '차연'과 들뢰즈의 '차이 자체'를 연결하여 이어 주는 것은 프로이트의 사후성(nachträglichkeit) 논리이다.(서동욱, 『들뢰즈의 철학』 74) 그러나 들뢰즈는 사건과 생성을 현실적인 맥락에서 의미화하는 '계열화' 개념을 도입함으로써 텍스트와 기호들의 차원에서만 차이와 생성문제를 다루고자 하는 여타의 탈구조주의 이론들보다 한 걸음 진보한다.

---

15) 들뢰즈는 논리적 명제 속에서 공통적으로 발견되는 세 가지의 관계들에 주목한다. 그것은 가리킴의 관계(명제와 어떤 사태 사이의 관계), 드러냄의 관계(명제와 발화자의 관계), 의미작용의 관계(말과 일반개념과의 관계 그리고 개념들의 결과적인 주장들 함축과의 통사론적 연결 고리들과의 관계)이다. 가리킴(지시), 드러냄(현시), 의미(기호)작용은 서로를 전제한다.(*Deleuze and Guattari* 70)

4. 잠재태와 현실태

들뢰즈는 물질의 차원과 분화의 차원을 동시에 다룰 수 있는 베르그송의 사유를 수용하여, 물질의 잠재적인 차원을 전제한다. 그리하여 현실의 잠재적 가능성을 도출하고, 보이지 않는 혁명적인 힘을 현실화하는 실험적 문학인 소수문학의 철학적 이론의 바탕을 이루게 된다. 그의 잠재적 차원에 대한 사유는 베르그송 이론을 수용한 것이다. 베르그송은 만약 현재가 시간 속의 한 단순한 지점이라면, 현재는 결코 지나가지 않는다는 점을 주목하고, 현재의 매 순간에 과거의 순간이 공존한다는 결론을 맺는다. 나아가, 과거의 순간들은 연속적이고, 공존하는 전체를 포함하는 과거의 한 부분에 지나지 않으며 과거는 마치 원추형처럼 시간 속에서 무한하게 뻗어 나가 그 끝이 현재와의 공존 지점에 있게 된다고 주장한다. 잠재적인 과거로부터의 현실화되는 사건의 차원과 신체가 경험하는 조건의 모든 양상에 대해 베르그송을 다음과 같이 주장한다.

> 첫째, 감화력이 있다. 그것은 신체로 하여금 수학적인 점이 아닌 어떤 다른 것이며, 또 그것은 공간에 부피를 부여한다는 가정을 할 수 있으며, 두 번째로, 순간들을 서로 연결시켜 과거를 현재에다 끼워 넣는 기억의 회상들이 있다. 마지막으로, 질을 나타나게 하는 질료의 수축의 형식 속에 또 다른 형태의 기억이 있다(그러므로 신체를 순간적인 것이 아닌 것이 되게 하고, 시간 속에서 지속하게 하는 것은 바로 기억이다).
>
> First, there is affectivity, which assumes that the body is something other than a mathematical point and which gives it volume in space. Next, it is the recollections of memory that link the instants to each other and

interpolate the past in present. Finally, it is memory again in other form, in the form of a contraction of matter that makes the quality appear(It is therefore memory that makes the body something other than instantaneous and gives it a duration in time) (*Bergsonism* 25−26).

들뢰즈는 베르그송의 사유를 통해 공간적인 부피를 가정하고, 사유의 이중적인 토대를 마련한다. 인간의 경험은 지각(perception)과 기억(memory)이 뒤섞여 있다. "순수기억은 순수지각과 대립되는 반면, 감화력은 오히려 지각을 교란시키는 불순함과도 같다."(*Bergsongism* 121) 감화력은 본성상 지각과 다르다. 지각은 단번에 우리를 물질에 닿게 하며, 기억은 단번에 우리를 정신에 닿게 한다. 베르그송의 주장에 따르면, 과거는 잠재적 존재인 한편, 현재는 현실적인 존재를 가진다. 잠재적인 것은 아직 현실화되지 않았지만, 그 자체로 이미 현실의 일부라는 점에서 실재적인 것이다. 예를 들어, 혁명은 봉기와 낡은 권력의 전복으로 현실화되지 않은 경우에도, 혹은 눈에 보이지 않는 미약한 운동으로 출발한 경우에도 잠재적인 것으로 현실을 구성한다.

베르그송은 "우리는 소리에서 이미지로, 이미지에서 의미로 이행하지 않고, 처음부터 의미 내에 자리 잡는다"(*The Logic of Sense* 28)고 주장한다. 의미는 우리가 말하기 시작할 때 늘 전제되어 있다. 각 현재의 순간은 현재의 잠재적 '이중체'와 공존한다. 이미지는 마치 거울과 같다. 그 거울은 다면체 거울로 마치 베르그송의 잠재적 과거가 모든 현재의 순간에서 과거 전체의 장으로 확장되는 것과 같이, 증식하는 잠재적인 이미지를 굴절시키고 창조해 내는 결정체(crystal)이다. 잠재적, 실재적, 현실태적 이미지는 모두 무의식의 결정체를 형성한다. 들뢰즈는 『시네마 Ⅱ: 시간이미지』(*Cinema Ⅱ: The Time Image*)에서 결정체의 형상을 전재하고 잠재적인 것과 현재적인 것이 동일한 이미지 속에서 동시에 보이는 시네마적 시간 −이미지의 특수한 형태로서 '결정체−이미지'를 묘사한다. 반사가 현실의 대상을 이중화하는 것처럼, 결정체는 현실을 이중화한다. 결정체는 현실적인 것과 잠재적인 것을 분리시키거나 양분한다. 리비도의 궤도가 가시화되는 것은 바로 이 무의식의 결정체 안에서이다.

시몽동은 "살아 있는 개체는 어떤 면에서 그의 가장 원초적인 수준에서 스스로를 안정화시키지 않고서도 스스로를 확장시키는 발생 상태에 있는 결정체이다"(133)라고 주장한다. 결정체 형성은 결정체의 '배아'(seed, 또는 유비적인 구조를 지닌 다른 어떤 실체)가 무형적이고 준안정적인 상태, 다시 말해 시몽동이 특이점들의 내적인 공명으로 특성화한 상태에 있는 어떤 실체 속에 도입될 때 시작된다. 배아 결정체는 그의 모양을 실체의 한 분자에 전달하고, 이 분자는 그의 모양을 다른 분자에 전한다. 어떤 실체들에서는 여러 상이한 종류의 결정체가 형성될 수 있으며, 배아 결정체가 그들 중 어느 것이 현실화될 것인지를 결정한다. 그리고 이 과정은 계속된다. 개체화 과정은 각 결정체와 각 결정체의 표면에 항존하는 이웃하는 무형의 실체들 사이에서 발생하며 개별적으로 형성되는 결정체들이 개체화의 산물이 되는 동시에 개체화 과정의 끝을 나타낸다.

시몽동은 『개체와 물리−생물학적 생성』(*L'individu et sa genèse physico−biologique*)에서 개별화의 과정을 위한 패러다임으로 결정체를 사용하여 개인의 존재와 앞서서 개체화가 진행된다고 강조하면서, 결정체 형성과정은 항상 실체형성의 표면에 앞서서 이루어진다고 주장한다. 그리고 개체화가 진행되는 힘의 운동의 측면에서 '강밀도'(*Deleuze and Guattari* 61) 개념을 취한다. 강밀도는 잠재태로부터 현실태에로의 이행에 영향을 끼치는 것이며 강밀도의 본질적인 활동은 개체화의 활동이다. 시몽동은 아리스토텔레스로부터 현대에 이르기까지 개체화에 관한 서구의 사유를 지배해 왔던 질료형상학적 도식을 검토하면서, 아리스토텔레스가 진흙을 질료로 주형을 형상으로 보는 데에 반해 그는 진흙과 주형이 모두 형상과 질료를 가지고 있다고 보면서, 주형은 단지 진흙이 주형을 채울 때 분자적인 조직화가 팽창해서 생기는 형태에 어떤 제한을 부과한다고 주장한다.

시몽동이 제시한 개체화의 예는 결정체 형성의 과정이다. 이는 어떤 실체가 준안정적이고 무형적인 상태로부터 안정적인 결정화(crystallization) 상태로 이행하는 과정이다. 개체화란 차이가 스스로를 차이화하는 과정이다. 스피노자적 언어로, 준안정적 실체는 차이를 함축하며, 개체화의 과정을 통해 그 차이를 펼친다. 이런 이유로 들뢰즈는 스스로를 개별화하는 존재를 하나의 강밀도로 서술하고 있으며, 또 스스로를 펼치는 에너지의 강도량(intensive quantity)이 이완되는(extensive) 양으로서, 그리고 물리학적 성질로서 서술한다.(*Difference and Repetition* 287−88) 강밀도는 들뢰즈와 가타리가 순수 차이를 포착하기 위해 힘의 변환을 통해 문턱을 넘은 변이와 생성을 포착하고 대립이나 모순으로 환원하지 않기 위해 설정한 개념이다. 강밀도는 하나의 양적 연속체를 이루면서 변환과 생성을 내재적인 과정에서 포착하게 해 주는 개념이다. 강밀도는 전 개체적인 준안정 상태처럼 우리 오성의 공통 감각적 범주를 벗어나며,

능력들의 선언적인 사용을 통해서 경험될 수 있다. 강밀도의 가장 기본적인 경험은 무차원의 깊이의 경험이다.

들뢰즈는 강밀도를 에너지와 연결시키고 있긴 하지만, 에너지의 과학적 개념은 함축적 에너지(spatium)가 아닌 펼쳐지는 것으로서의 에너지(extentio)라는 점에서 과학적 개념이 아닌 선험적 원리이다(*Differnce and Repetition* 310)라고 주장한다. 이에 대해 보그 역시 함축적 에너지는 공통감각을 벗어나므로 관념의 선험적인 영역 속에 속하는 것으로 간주되어야 한다(*Deleuze and Guattari* 107)고 주장한다. 들뢰즈는 『니체와 철학』에서 영겁회귀의 이중적인 긍정, 생성의 존재에 대한 긍정을 위해 주사위라는 이미지를 사용하고 있다.(*Deleuze and Guattari* 65) 시뮬라크르는 강밀도이다. 강밀도란 스스로를 펼치는 접혀진 차이이다. 강밀도는 필연적으로 질들과 외연－양들 속에서 펼쳐진다. 이러한 뒤얽힘은 특이점들의 뒤얽힘이다. "강밀도는 물리적 힘이 아니라, 단지 관념의 차원일 뿐이다"(*Deleuze and Guattari* 63)라고 들뢰즈는 주장한다.

만약 개별적인 존재의 형태가 강밀도라면, 존재의 형태는(잠재적이고, 현실적인) 전체로서의 관념이다. 접혀 있는 질서는 관념 자체 내에 존재하게 된다. "우리의 주관적인 계열 상태를 결정하는 것은 바로 테마, 즉 관념이지만, 관념의 선택을 결정하는 주관적 관계의 우연한 사건이다."(*Proust and Signs* 73) 모든 관념들은 하나의 무정형적이고, 근거가 없고, 또 기초가 없는 카오스 속에서 공존한다. 관념은 세 가지의 차원을 가진다. "특이점, 특이점들 간의 관계 그리고 강밀도"(*Deleuze and Guattari* 63)이다. "이 점들은 주사위 위에 있다. 물음들은 주사위들 자체이다. 명법은 던짐이다. 관념들은 주

사위 던지기에서 결과하는 문제-조합들이다.”(*Essays* 255) “권력에
의 의지는 형태변이들의, 서로 소통하는 강밀도들의 역동적인 세계
(……) 강렬한 지향성의 세계, 시뮬라크르들과 신비들의 세계이다.
반면 영겁회귀는 이 세계의 존재인 것이다.”(*Difference and Repetition*
313) 생성의 존재를 긍정한다는 것은 사유의 자극인 강밀도가 가
지는 그 힘에 답을 하는 것이고, 공존하는 관념들의 잠재적인 차원
이 긍정적으로 상승하는 것으로 보인다. 강밀도의 개념은 소수문학
의 비물질적인 표면효과가 발생하게 되는 역학적인 이론이 되고,
그 힘은 언표행위에서 감화력을 생성하게 되는 기반이 된다.

잠재태와 현실태에 관련된 들뢰즈와 가타리의 소수문학론은 잠
재적인 선들을 현실화함으로써 개개의 다양체들의 복수적인 발화
들을 수용 가능하게 하는 언어적 장을 열었고, 사건-의미가 계열
화되는 장(場)을 제시함으로써, 물질의 잠재적인 차원을 수용하고
보이지 않는 혁명적인 힘을 가정하여 그것이 추상에 그치지 않도
록 현실을 이중화함으로써, 현실적인 차원에서 생기는 권력의 분절
화를 가능하게 한다. 그리고 힘과 에너지의 가역적인 흐름의 생성
에 주목하여 이른바 ‘역동적 구조주의’라고 부를 만한 종합적인 선
험철학을 제시하는 현대 사유의 맥을 잇는 성과를 이루었다. 그리
고 동적 발생에 관한 논의를 통해 물질적 차원으로부터 어떻게 의
미가 생성하는가에 대한 문제도 보완하고 있다고 볼 수 있다. 이
것은 사건의 우발점들의 발생에 중점을 두는 이론이 되고, 존재의
일의성이 가지는 특이점의 순간이 발생되고 순수사건이라는 그들
만의 미학적 접근을 이루어 내면서 시뮬라크르의 생성에 대한 이
론적인 근거를 마련해 주었다. 마침내 들뢰즈의 작업은 현대 스토

아주의라고 부를 만한 실천철학으로 이끌어 가게 되었고, 사건의
존재론과 스토아철학을 연관시킴으로써 우리를 삶, 죽음, 운명에
관한 깊은 성찰로 인도하고 있다.

II

문학의 정치적 가치

1. 프루스트의 문학기계

    많은 언어학자들은 맥락(context)에 대한 연구를 화용론의 이차적인 영역으로 격하시켰지만, 들뢰즈와 가타리는 라보프, 존 랭쇼 오스틴(John Langshaw Austin), 미하일 바흐친(Mikhail Bakhtin) 등의 연장선에서 언어학을 보다 넓은 행위이론의 내부에 위치시키고자 한다. 그들은 언어학적 '추상기계'를 제시하면서 언어학을 체제(régime)로, 언어를 정치로 다룬다. 담화 행위 이론가들(speech act theorists)과는 대조적으로 모든 언어 행위를 권력 행위로, 언어의 탈영토화를 정치적인 행위로 간주한다. 기존의 기호학은 기표적, 의미적 기호체제를 상징화로 특권화하는 방식을 유일하게 선택한 반면, 들뢰즈와 가타리는 표현의 형식화를 '기호체제'(*Plateaus* 118)로 보고, 다양한 체제로 존재함을 보여 준다. 그들에게 언표 단위는 명령어이다. 명령어는 단지 명령에 연관되어 있는 것이 아니라, 사회적 의무에 의해 언표들과 연결된 모든 행위들과 직접, 간접적으로 연계성을 지닌다.

자본주의는 두 방향으로 나뉜다. '편집증(paranoia)과 분열증(schizo phrenia)'(*Anti −Oedipus* 310)이다. 욕망하는 생산의 두 축은 배제적이고 차별적인 흐름의 분할인 편집증적인 축, 그리고 결합하는 흐름의 종합인 정신분열증의 축을 설정한다. 자본주의 사회는 집단의 상대적인 크기에 의해서가 아니라 조직화하는 양태에 따라 분리된다. 편집증적인 축은 중심화된, 통합된 조직화를 부과하고자 하는 파시스트적인 경향을 띠는 한편, 자본주의의 가속화된 탈영토화는 이질적인 요소들의 분자적, 비체계적 연합을 형성하고자 하는 분열증적인 욕구의 혁명적인 경향을 드러낸다.

들뢰즈와 가타리는 프로이트의 가족 삼각형이 인간의 모든 욕망을 가족이라는 폐쇄회로에 가둔다고 비판하면서, 욕망이 오디푸스적 환상이 아니라 정치적 목적을 가진다고 본다. 그리하여 개인적인 문제와 정치적인 문제의 접경지대를 찾고자 한다. 모든 언어는 사회적으로 깊이 침투되어 있고, 계층적 권력과 불가피한 관계에 놓여 있다. 언어는 사회적 상황과 필연적인 관계에 있으므로 예술적, 정치적 변화의 과정을 반영한다. 이것은 주체화의 정치적 과정과 관련을 맺는 하나의 방식이 된다. 그들은 촘스키와 같은 언어학자들이 이와 같은 관점을 소홀히 했다고 주장한다.(Brown 50) 그들은 노동자나 피억압 민중에 대해서 사용되는 '대중'이라는 개념을 더욱 확장하여 인간의 능동적인 욕망과 생산을 사회적으로 설명하고, 욕망을 분자적으로 규정하고 분자성을 강조하면서, 분자적인 운동, 분자적인 흐름을 형성하는 모든 경우에 사용했다. 그리하여 대중의 문제는 어떤 흐름을 몰적인 선 안에 포획하고 선분성이나 권력의 문제로 변환되는 경직된 선분이 아니라, 유연한 선분성의 선 위에서 이루어지는 정치에 대한 이론이며, 대중의 모든 흐름은 미시정치학의 대상이 된다.

보그는 들뢰즈와 가타리가 『천의 고원』에서 소수문학의 창조를 통한 정치적 역할에 대해 다음과 같이 밝히고 있다.

> 『천의 고원』에서의 긍정적 탈영토화는 정서적인 과도함에 대한 용어가 아니라 철학적, 예술적, 과학적 창조의 용어로, 새로운 사유의 선을 가능하게 하는 '추상기계'나 '디아그램'에 의한 것으로 기술되어 있다. 그들이 궁극적으로 개진하고 있는 것은 창조성의 정치학이다. 이 이론은 시작(구체계의 정복)에 근거를 둔 것도 아니고 끝(새로운 체계의 수행)에 근거를 둔 것도 아닌, 가운데에, 즉 중지기간, 막간의 간주곡, 사이의 공간, 예측할 수 없는 과정의 빈틈, 움직임, 창조에 근거를 둔 혁명적인 이론이다.

> Positive deterritorialization in Thousand Plateaus, for example, is described in terms not of emotional excess but of philosophical, artistic, and scientific creation, in terms of 'abstract machines' and 'diagrams' that make possible new lines of thought. What Deleuze and Guattari are ultimately developing is politics of creativity, a theory of revolution that is based neither on beginnings(the conquest of the old system) nor on ends(the implementation of a new system) but on the middles—interregnums, intermezzos, the space in between, the unpredictable interstices of process, movement, and invention(Bogue, *Deleuze & Guattari* 105).

보그는 들뢰즈와 가타리의 창조성의 정치학이 고정된 사회적 재현의 전복과 언어의 변이과정을 통한 창조를 목표로 하는 아방가르드적 정치학이라고 평한다.(*Deleuze & Guattari* 122) 그들의 전위적 정치학은 대부분의 문학적, 정치적 아방가르드와는 달리, 문학

을 욕망하는 생산의 역사와 일반적인 경제학 내에 둔다. 소수문학
은 현실태적 언어 안에서 소수성을 추구하고, 집단적 실천을 통해
언어의 예술적 전복을 시도하며, 의미작용에 관련된 물음들을 물질
의 힘들과 비의미작용적 흐름들 사이의 관계 분석과 연결 짓는다.
이러한 시도를 통해 소수문학은 힘이나 감정의 충돌을 전달하면서,
사회가 가지는 인식을 변화시키는 정치적인 힘을 가지는 것으로 평
가된다.

소수문학의 정치적 힘에 대한 이론적 구도로 들뢰즈와 가타리는
구조를 넘쳐흐르면서 작용하는 힘을 '기계'[16] 개념으로 사용한다.
흐름을 절단하고 채취하는 방식으로 작동하는 모든 것을 '기계적'
이라고 일컬으며, 가타리는 무의식을 이러한 기계적인 차원으로 파
악하여 '기계적 무의식'이라고 부른다(『노마디즘 Ⅱ』 265 재인용).
그들은 흐름 내의 절단 체계를 '기계'로 정의함으로써, 실체들 간
의 상식적 구분을 용해시키는 언어에 이 개념을 사용하는데, 기계
개념은 끝없이 생산되는 욕망들을 분절하고 분산시킴으로써 중심
을 해체하고 전복한다. 그로 인해 비형식화된 질료 흐름(matter−flow)
이 생성되고, 이 흐름은 어떠한 해석 행위에서도 독립적인 욕망을
그려 내게 된다. 그리하여 문학−기계는 유동의 복수적 흐름들의
세계와 절단의 보편적인 과정을 통해 상호 관련성을 가지는, 복수
적 다양체의 세계(카오스모스)를 펼치게 된다. 그들은 기계 개념을
통해 예술작품이 선재하는 진리나, 무로부터(ex nihilo)의 진리 창조
가 아니라, 오히려 효과를 생산하는 점을 부각시킨다. 현대 예술작

---

16) 프랑스어로 '기계'는 mécanique이지만, 그들이 이론에서 사용하는 '기계'는 machinique
이다. mécanique는 이미 존재하는 구조의 효과에 의하여 작용하는 힘을 표현한다면,
machinique는 구조를 넘쳐흐르면서 작용하는 힘을 표현한다.

품에 대해 "본질적으로 생산적인, 어떤 진리를 생산하는 것"(*Proust and Signs* 129)이라는 관점을 가지며, 프루스트의 작품 『잃어버린 시간을 찾아서』에 대해서도 들뢰즈는 통일성을 가지는 단일성의 원리가 아닌 "기계들의 효과로서 기능하는 일자 또는 전체"(*Proust and Signs* 144)로 분석한다. 효과를 생산하는 문학-기계가 가지는 "객관성은 예술작품을 제외하고는 존재할 수 없다. 그것은 기표 작용적 내용이나 안정적인 본질로서의 의미(기표작용)에 존재하지 않고, 유일하게 작품의 형식적 의미화의 구조인, 문체에만 존재한다"(*Proust and Signs* 134)라고 주장한다. 들뢰즈는 기계 개념을 채택함으로써, 로고스 중심주의가 기관과 전체로부터 의미를 도출하는 것에서 벗어난다. 그리하여 "기계(기계류)는 기능에만 의존하고, 그 기능은 분리된 부분 대상들에 의존한다"(*Proust and Signs* 129)고 밝힌다. 그것은 의미작용보다는 글쓰기-기계의 작동, 즉 부분 대상들의 결합을 통한 생성적, 역동적 글쓰기를 강조하고, 문학기계의 목표는 폐쇄되는 것을 피하면서, 흐름을 계속하게 하는 점을 강조한다.

들뢰즈는 『프루스트와 기호들』(*Proust and Signs*) 1장에서 프루스트의 『잃어버린 시간을 찾아서』에서의 진리가 시간의 진리임을 밝히면서, 시간을 두 종류의 지나간 시간, 즉 지나가는 시간(the time that passes)과 잃어버리는 시간(the time one loses) 그리고 두 종류의 되찾는 시간, 즉 되찾는 시간(the time one regains)과 되찾은 시간(regained time)으로 나눈다. 또한 이 책 2장에서, 텍스트의 움직임을 통해 세 가지의 시간 질서(three orders of time)의 고립을 설명한다. 알베르틴의 기호 견습은 진리를 생산하며, 진리의 생산은 기호 해석을 통해 일어나며 해석은 생각 안에서 생각을 생산하는 것이고, 방향 감각을 상실한 기호의 충돌을 통해서 생각은 움직인다. 사랑의 기호들(lovely signs)과 사교계의 기호들(worldly signs)의 일반적인 법칙들과 계열을 증식시키면서 가장 분명히 드러나는 잃어버린 시간(lost time), 예술작품과 비자발적 기억에서 개방되는 본질의 되찾은 시간(regained time) 그리고 "죽음과 죽음의 관념, 대재난(노화, 질병, 죽음의 기호)의 발생, 전 자연계의 보편적 변화의 시간(time of universal alteration)"(*Proust and Signs* 132)이다.

그리고 이러한 시간과 진리의 질서에 상응하는 기계들이 있다. 첫 번째 기계는 잃어버린 시간의 진리와 일반적인 계열과 법의 진리를 생산한다. 하지만 그것은 오로지 대상들의 분절화, 이질적인 상자(heterogeneous boxes)와 닫힌 용기(closed vessels)의 생산을 통해서만 생산한다.(*Proust and Signs* 33) 이것은 "종전의 전체성 없는 파편, 분쇄된 부분, 의사소통 없는 용기, 분리된 장면으로 정의되는 부분 대상들의 생산이다."(*Proust and Signs* 133) 첫 번째 기계는 부분 대상, 계열 그리고 그룹에 관련된 진리를 생산한다. 장 라플랑쉬(Jean Laplanche)와 J. B. 퐁탈리스(J. B. Pontalis)는 『정신-분석 언어』(*The Language of Psycho-Analysis*)에서 부분 대상을 하나의 전체로서 인간이 아니라, 복합적 본능이 향하는 대상 형태로 정의한다. "부분 대상은 실재적인 것이든, 환상적인 것이든(유방, 배설물, 페니스), 신체의 각 부분들과 상징적 등가물이 있다. 심지어 한 개인은 스스로를 동일시할 수 있으며, 부분-대상과 동일시될 수 있다"(301)고 말한다. 들뢰즈와 가타리는 부분 대상에 대해 다음과 같이 설명한다.

어떤 식으로든 (부분 대상들은) 상실된 하나의 통일체 혹은 다가올 전체
성으로서의 환영(幻影)적인 역할을 하는 하나의 유기체를 말하는 것은 결
코 아니다. 만약 부분 대상들이 '성욕을 자극하는 몸'과 관련이 있는 것
이라면, 그러한 신체는 조각난 유기체가 아니라 전－개별화되고, 전－인
칭적인 특이성의 방출이며, 통일성이나 전체성을 갖지 않으면서, 순수하
게 확산되는, 무정부적인 다양체이며, 다양체의 요소들은 실재적인 구분
이나 연결의 부재(不在)상태로 결합되고, 접착이 된다.

In no way (partial objects) refer to an organism that would function
phantasmatically as a lost unity or totality to come. If partial objects
pertain to an 'erogenous body', such a body is not a shattered organism,
but an emission of pre－individual and pre－personal singularities, a pure
dispersed and anarchic multiplicity, without unity or totality, and whose
elements are welded, glued together by the real distinction or the very
absence of a link(*Anti－Oedipus* 324).

부분 대상은 무의식적 환영에서 마주치는 기관들로 무정부적 복수
성을 가지며 실재적 대립에 의해 연결되며, 순수한 복수성으로 확산
된다. 이러한 복수성은 중심을 해체하고 기존의 체재에서 혁명적인
힘을 시도하는 소수문학의 정치성이다. 들뢰즈와 가타리는 『반－오
이디푸스』에서 "부분 대상들은 기관 없는 신체들의 직접적인 힘들
이며, 기관 없는 신체들은 부분적 대상들의 가공되지 않은 질료"(326)
라고 밝히면서, 그들이 지향하는 문학－기계의 방향성을 제시한다.
'기관 없는 신체'에 대해, 들뢰즈는 "지구는－탈영토화된 것, 빙
하, 거대한 분자－기관 없는 신체이다"(*Plateaus* 40)라고 정의한다.
이 용어는 아르토에게서 차용[17]한 것으로, 욕망의 기계적인 정도

---

17) 아르토의 책 『연극과 그 이중 *Theatre et son Double*』에서 차용된 것이다. 아르토는 이
　　책의 두 번째 장인 '연극과 페스트'에서 연극을 페스트와 비교한다. 페스트는 인간의
　　모든 내장기관을 파괴시킨다. 페스트는 잠자고 있는 이미지와 잠재적인 혼돈의 상태
　　를 취하고 있으며 가장 극단적인 몸짓으로 그 이미지를 몰고 간다. 이 이미지에 밀려
　　가는 극단에 파괴된 신체가 있다. 아르토는 이 상태를 모든 사회적인 코드가 소멸하

에 따라 '기관 없는 신체', '충일한 신체'가 생산된다고 보는 개념
이다. 기관 없는 신체는 지구가 지층화되기 이전의 상태, 지층화가
발생되지 않은 상태를 일컫는다. 그것은 지층화가 되기 이전, 알
(수정란)과 같은 모양으로 지층화와 분절이 발생하고, 욕망하는 생
산에 포개어져 충돌이 생기면서 끌어당기고, 전유하면서, 인력기계
가 척력기계의 뒤를 이으면서 그것과 공존한다. 여기에서 생산과
반생산, 에로스와 타나토스, 죽음 충동 등이 공존한다. 자본은 자
본가라고 하는 존재의 기관 없는 신체로 잉여생산물을 전유하고,
모든 생산력과 생산의 기관들을 자기에게 귀속시키고 이것들에다
가 외견상의 운동을 전달함으로써 준 원인으로 작용하는 등기 혹
은 등록의 마법의 표면이 알 모양의 신체에 새겨진다. 또한 이접
적 종합을 통해 등록의 생산으로, 생산 과정이 등기의 절차에로
연장된다.

여기에 독신기계, 등기의 표면에 주체의 질서에 속하는 독신기
계가 나타난다. 그것은 고정된 동일성/정체성을 갖지 않는 기묘한
주체로, 기관 없는 신체 위를 헤매면서, 그것이 취하는 부분에 의
하여 규정되며, 어디서나 생성되고, 변신하며, 소비하는 상태들로
부터 탄생하며 또 매번 다시 탄생한다. 척력과 인력의 계열들이
독신기계 속에 강도 0으로부터 출발하는 일련의 계열들의 상태들
을 산출한다. 주체는 그 계열의 각 상태로부터 태어나며, 한순간
자신을 결정하는 다음 상태로부터 언제나 다시 태어나며, 자신을
태어나게 하고, 다시 또 태어나게 하는 모든 상태들을 소비한다.

는 순간으로 파악했다. 아르토는 페스트와 같이 모든 것을 파괴함으로써 탈코드와의
순간적인 정화에 도달할 수 있어야 한다고 주장했다.

이러한 과정은 통접적 종합을 통하여 소비를 생산한다. 여기서의 주체는 '주체가 없는 개체화'(Individuation sans sujet)이다.

주체화된 상태에서 벗어나 새로운 방식으로 재구성될 신체인 기관 없는 신체는 스피노자의 내재적 실체와 같으며, 욕망하는 기계는 그 실체의 궁극적인 속성과 연관성을 가진다. 기관 없는 신체는 탈영토화된 신체로, 무기관의 신체가 아니라 조직이 없는 신체이며, 사회적으로 규율되고, 의미화된다. 기관 없는 신체 위에서는 지층화와 분절이 발생하고, 그 지층은 "진리의 형식을 부여하고, 공명과 잉여성의 체계 속에 강밀도를 가두거나 특이성을 고정시키고, 지구의 신체 위에 크고 작은 분자들을 생산하며, 그것들을 몰(mole)적 집합체로 조직하는 것으로 이루어져 있다."(*Plateaus* 40) 기관 없는 신체는 흐름 그 자체이며, 흐름에 따라 그것이 소리이든, 빛이나 기(氣)이든 그것은 서로 다른 힘과 강밀도를 가진다. 그리고 지층화나 분절은 그 흐름을 일정한 형태로 고정하거나 일정한 코드에 따라 분할하여 포착한다. 이와 같이 다양한 강밀도들의 무상(無常)한 흐름을 채취하는 것은 어떤 식으로든 지층화하고, 고정하는 방식으로만 가능하다.(『노마디즘 1』 180-83)

들뢰즈와 가타리는 기관 없는 신체라는 개념을 통해, 사회적으로는 탈중심적이고 파편화된 분석을, 정치적으로는 몰적으로 구성된 주체의 동일성과 집단 동일성의 모든 것을 파괴하려는 시도를 한다. 그것은 모든 방향에서의 접속에 대해 열린, 그리하여 모든 양태가 될 수 있는 구도인 일관성의 구도(plane of consistence) 위의 탈영토화를 촉진하는 것이며, 개인적으로는 자아와 초자아를 해체하며, 억압하는 욕망의 인격화 이전의 리비도적 흐름을 해방하는 과정에서 강밀도의 연속체 혹은 생산적 모태인 영-도 강밀도로서의 기관 없는 신체(body without organs)에 도달한다.

욕망하는 기계들과 기관 없는 신체는 분자적인 수준에서 기능한다. 그 기능의 복수성의 순간과 순수한, 비확장적인, 영-도 강밀도인 실체의 순간 사이에서 계속 진동하며, 구분되는 두 존재로서 공존한다. 보그는 강밀도의 가장 기본적인 경험은 무차원의 심연(adimensional profoundeur)의 경험이라고 밝히고 있는데, 이 무차원의 깊이는 기관 없는 신체의 '영-도 강밀도'이다. 정형철은『들뢰즈와 가타리-포스트구조주의와 노매돌로지의 이해』에서 보그가 말한 무차원의 깊이 또는 영-도 강밀도가 선불교의 공(空, sunyata)(없음의 있음) 개념과 비교가 가능하다(19)고 주장한다. 기관 없는 신체는 탈영토화된 신체이다. 탈영토화는 기관의 없음을 전제하는 동시에 모든 것의 가능함을 전제한다. 들뢰즈와 가타리는 부분 대상을 강조하고 기관 없는 신체 개념을 밝힘으로써, 그들의 이론이 경계를 지우고, 탈영토화를 시도하고 그것이 곧 모든 가능성을 찾아내는 혁명적인 문학 즉, 소수문학의 이론적 토대를 마련한다.

기관 없는 신체는 하나의 유기체를 형성하지 않고, 밀어냄과 끌어당김 즉, 분열증적인 충동과 편집증적인 충동이 존재하며 그 신체 위의 흐름들을 탈규준화한다. 들뢰즈와 가타리는 이러한 충동에 대해 다음과 같이 설명한다.

> 편집증적인 충동을 극복하기 위한 유일한 방법은 체제가 붕괴되는 지점까지 자본주의의 정신분열증적인 경향을 강화시키는 것이다. 이것은 상

품교환의 속박에 더 이상 종속되지 않는 탈영토화의 흐름들 사이에 횡단하는 연결접속을 형성하는 집단－주체의 창조를 통해 성취된다.

The only means of overcoming the paranoic impulse is to intensify the schizopherenic tendency of capitalism to the point that the system shatters, and this can only be achieved through the creation of group－subjects that form transverse connections between deterritorialized flows that no longer subject to the constraints of commodity exchange (*Deleuze and Guattari* 103).

탈영토화의 흐름들에 의해 횡단하는 집단－주체에 대해 정형철은 "집단－주체는 유목적 주체와 유사하다."(『들뢰즈와 가타리』 28)고 주장한다. 유목적 주체는 기관 없는 신체의 격자를 가로지른다. 이것은 들뢰즈가 말하는 '순수 강밀도'(pure intensity)(*Deleuze and Guattari* 95)의 지점이다. 한 사람이 하나의 주체로 살아가기 위해서는 분열증을 억제하고 내재화 즉 재영토화[18]해야 한다. 재영토화된 사회적 신체인 '사회체'(socious)는 기관 없는 신체이다. 하지만 분열자는 이러한 재영토화를 거부하거나 실패한 사람이다. 자본주의는 외적 극한인 분열증을 조장하는 동시에 치환한다. 재영토화를 수행하는 고전적인 정신 분석에 반해 반(反)－외디푸스적 분열분석을 제시하는 것은 이러한 맥락에서이다. 자본주의의 주체는 탈코드화된 흐름의 연접,[19] 즉 재영토화의 운동의 잔여로 생성된다.

---

18) 영토성은 원래 동물행동학에서의 '텃세'라고 번역되는 개념으로 동물들이 자신의 분비물이나 사물, 소리 등으로 자신의 영토를 만드는 영토화의 개념에 들뢰즈와 가타리는 이 개념을 변형시켜 다른 개념을 만들어 낸다. 기존의 영토를 다른 영토로 만들거나 다른 곳에서 자신의 영토를 만드는 경우에 '재영토화'라는 용어를 사용한다. 그리고 이 개념은 배치가 만들어지고 작동하는 모든 영역으로 확장하여 사용한다. 어린아기가 직립하는 것이 '탈영토화'라고 하면 그 아기가 어떤 도구를 사용하게 되면 그 도구에 손이 재영토화되는 것이다.

19) 들뢰즈와 가타리는 접속(connection), 이접(disjunction), 통접(conjunction)을 구분한다. 접속은 '……와……'로, 이접은 '……든……' 내지 '……이냐……이냐……'로, 통접은 '그리하여'로 표시된다. 접속은 두 항이 결합하여 하나의 기계로(식사－기계), 이

들뢰즈는 프루스트가 정신분열의 돌파구를 찾기 위해 끊임없이 탈주하는 데에 주목한다. 분열증화란 억압적 질서화를 거부하고 탈코드화의 방향으로 더욱 밀고 나가는 것이며, 그것을 통해 현실의 파편화와 무질서를 있는 그대로 인식하는 과정이다. 들뢰즈가 프루스트를 분석하면서 주장하는 첫 번째 기계는 일반적인 계열과 법의 진리를 생산하고, 두 번째 기계는 공명을 생산한다. 두 개의 순간들이 서로 공명의 관계에 놓일 때, 비자발적인 기억에서 이것은 가장 두드러지며, 프루스트의 작품에서 바이올린과 피아노가 서로 울릴 때의 뱅테이유의 소나타에서처럼 반향을 생산한다. 비자발적 기억은 단순히 두 가지 감각의 유사성을 만들어 내는 것이 아니라 "엄격한 아이덴티티, 즉 두 감각에 대한 공통적인 자질의 아이덴티티 또는 현재와 과거, 두 순간에 대한 공통적인 감각을 드러낸다."(*Proust and Signs* 74) 마르셀이 마들렌을 먹으면서 느끼는 그 맛에 대한 감각은 서로 다른 두 순간의 공통적인 자질이다. 하지만 그것은 비자발적인 기억을 통해 과거의 그 맥락이 현재의 경험 속으로 내재화된다. 비자발적 기억은 그 맥락을 내재화하고 현재의 감각과 분리될 수 없는 종전의 맥락을 부여한다.(*Proust and Signs* 75)

그러나 두 번째의 기계는 첫 번째에 의존하지 않는다. 단지 첫 번째 기계의 부분적 대상들을 진동의 소통 안에 둔다. 각 기계는 그 자체의 분절과 그 자체의 진리와 시간의 질서를 형성한다. 첫 번째는 부분 대상을 따르는 계열과 법을 생산하는 한편, 두 번째 기계는 상호 작용하는 부분들과 그 부분들에 주입된 전체적인 시간

접은 배타적(이성이냐? 동성이냐?)이든, 포함적(이성이든, 동성이든)이든 선택적인 방식으로 결합하는 것이며, 통접은 하나의 귀결(그리하여 그들은 변태가 되었다.)로 귀착되는 것이다.

처럼 "독특한 본질, 즉 공명하는 두 순간보다 더 최상의 관점"(*Proust and Signs* 134)을 생산한다. 부분이 곧 전체적인 힘을 가지는 효과를 드러내는 것이 소수문학의 정치성이다. 부분이 가지는 하나의 독특한 관점은 즉각적으로 사회의 정치적인 힘을 드러낸다.

들뢰즈는 프루스트의 또 다른 업적이 예술 작품 내에 효과와 작용을 내재화한 것이라고 주장하고 있는데, 이것은 특히 두 번째 기계의 경우이다. 왜냐하면 프루스트 외에 많은 작가들이 그들의 관심을 감각적인 엑스터시와 초월적인 계시의 순간에 집중하기 때문이다. 그러나 프루스트에게 있어서 두 번째 기계는 변형의, 감각적 경험을 고립시키는 수단으로뿐만 아니라, 적절한 문학기계로서 기능한다. 『잃어버린 시간을 찾아서』의 종결부분에서, 비자발적인 기억이 가속화하는 국면에 이르게 되는데, 고르지 않은 포석, 스푼이 부딪히는 소리, 뻣뻣한 냅킨의 느낌이 마르셀의 추억에 구두점을 찍는다. 증식되는 비자발적인 기억은 작가와 문학 외적인 경험을 연결하는 수단으로뿐만 아니라, 문학작품 속에서 효과로서 드러난다.

문학작품이 의미가 아니라 기능으로 그 역할을 하여야 한다면, 그 작품은 나타나는 그 효과에 의해 "본질적으로 자체적인 효과를 생산하고, 그 효과로 채우면서 그 스스로 의지하는 것이 예술작품이다. 작품은 진리의 토양 위에서 태어난다."(*Proust and Signs* 136) 예술이 제공하는 것은 자율적이면서, 자기-결정적인 공명의 생산이고, 그러한 것의 지속을 위해 어떠한 외재적 환경이나 비자발적으로 강제하는 것에 의존하지 않는 생성적인 과정을 거친다. "예술은 공명이라는 것을 생산한다. 문체를 통해 두 개의 대상이 공명하게 하고, 자연의 무의식적 산물의 결정된 조건들에 자유로운 예술 생

산의 조건들을 대체하면서, 대상들로부터 '소중한 이미지'를 해방
시킨다."(*Proust and Signs* 186) 두 번째 기계의 공명은 문학작품에
서 기술하는 두 가지 대상들 간의 소통을 위한 시도와 그 안에 내
재된 새로운 이미지를 생성한다는 관점은 들뢰즈의 프루스트 분석
은 작품을 통해 그 정치적 가치를 찾고자 하는 시도로 정치적인
역할을 강조한 것으로 분석된다.

　프루스트 분석에서 세 번째의 기계는 보편적인 멸망의 진리와
강제된 동작을 통과하는 죽음의 관념을 생산한다. 『잃어버린 시간
을 찾아서』의 마지막 부분에서, 마르셀이 궁극적으로 발견한 것은
죽음의 관념이고, 시간의 세 번째 경험이다. 수십 년 전에 그가 알
고 있었던 노인과 여자들을 생각하면서, 마르셀은 그가 기억했던
과거의 형상이 "분해되었음이 틀림이 없는 방대한 기간을 생각하
게 하는 과거 속으로 밀려 왔을 때, 갑작스런 시간의 팽창을 감지
한다."(Proust 983) 마르셀이 감각적으로 느끼는 과거의 형상이 분
해되어 팽창하는 시간은 앞에서 언급한 베르그송의 과거에로의 질
적인 도약이며, 과거와 현재가 공존하는 아이언의 시간이다. 세 번
째 기계는 습관에 의해 보일 수 없게 되었다가 갑자기 볼 수 있게
되는 예술작품에서만이 가능한 그러한 시간을 우리에게 허용한다.
세 번째의 기계는 시간에 대한 현명한 계시를 생산한다.

　들뢰즈는 프루스트의 작품을 통해 다양한 시간과 진리의 질서들
을 가진 세 가지 기계와 기능을 강조했다. 하지만 가장 중요한 것은
그 기계들의 절단의 체계가 '종합의 체계'(*Deleuze on Literature* 67)
라는 것이다. 들뢰즈가 프루스트를 통해서 기계 개념을 설명한 것
은 사회에서의 욕망의 분절과 분열증적인 힘에 대한 것이다. 들뢰

즈의 프루스트분석은 소수문학적이다. 기계의 분절은 국가장치의 지배적인 힘을 분산시키기 위한 개념이며, 거대한 종합의 체계는 개개인의 힘이 즉각적으로 정치적인 본성을 드러내게 하는 소수문학의 정치성이다.

기계들의 거대한 종합의 체계는 이질적인 부분들이 기계를 형성하고 기계의 배치를 허용하게 하는 '수동적 종합'(*Anti-Oedipus* 34)이다. 수동적 종합은 어떤 선재하는 질서나 지능을 지시함으로써 통제받지 않고, 무의식적이고 자율적이라는 점에서 수동적이다. 이 종합은, 비록 구성적인 것이지만, 결코 활동적인 것은 아니다. 그것은 정신에 의해 수행되는 것이 아니라, 명상하는 정신의 내부에서, 모든 기억과 회상에 선행하여 일어난다. 시간은 주관적이지만, 그것은 수동적인 주체의 주관성이다. 데이비드 흄(David Hume)은 "반복되고 있는 대상 안에서는 아무것도 변하지 않는다. 하지만 반복을 응시하고 있는 정신 안에서는 무엇인가 변하고 있다"(*Difference and Repetition* 70)고 주장한다. 흄의 유명한 테제는 문제의 핵심에 이르게 한다.

들뢰즈는 시간의 세 가지의 수동적인 종합을 제시한다. "간접적인 수동의 종합은 이항대립에 의해, 겹쳐지면서, 침투되는 욕망의, 단 하나의 동일한 기계류이다."(*Anti-Oedipus* 325) "욕망하는 기계는 은유가 아니라, 절단하는 것이고, 이 세 가지 유형에 따라 절단하고 절단된다."(*Anti-Oedipus* 41) 흄에 의하면 변화의 본성은 상상력을 통해 용해된다. 상상력을 통해 요소, 경우, 진동, 동질적 순간들이 수축된다. 수축은 시간의 종합을 이루어 낸다. 순간의 계속은 시간을 와해한다. 이러한 종합을 통해 체험적 현재, 살아 있는 현재가 구성된다. 프루스트의 문학기계는 자급(自給)할 뿐 아니라, 내적인 효과를 창조하면서, 외부의 세계에 따라 행동하고, 독자들 속에서 효과를 생산한다. 마르셀이 쓰고자 하는 책은 독자들로 하여금 "그들 스스로 독자가 되게 한다."(Proust 1089) 예술작품에서 질료는 변화되고, 탈물질화되고, 본질에 충분한 것이 된다.

결과적으로, 예술의 기호는 투명한 것이 되고, 그 의미는 기호를 통해 유희하는 본질이다. 들뢰즈는 문체를 통해 되풀이되는 본질의 차이를 표현한다. 여기서 차이란 사건이 계열화되면서 동일성(동형성)으로 소급되지 않는 차이, 즉 접속에 의해 새로운 생성을 유도해 내는 것을 말한다. "문체는 필요한 부분들이 연결되어 기호를 개방하고, 물질을 변화시키는 예술적 힘으로, 본질을 지닌 것이고, 세계를 펼치는 차이와 반복의 힘을 가진 것이다."(*Proust and Signs* 49) 반복에 있어서 불연속성이나 순간성이 지배한다는 것은 어떤 것이 나타나기 위해서는 반드시 다른 것이 사라져야 한다는 것을 말한다. 이러한 것이 '순간적 정신'(mens momentanea)(*Difference and Repetition* 70)으로의 질료의 상태이다. 이것은 프루스트의 뱅테이유 소나타에 대한 스완의 첫 반응에서 나타난다.

이것이 가지는 질서에 대한 인상은, 순간적으로 사라져 버리는 말하자면, '단독 질료'이다. 의심할 여지없이, 그 순간 우리가 듣는 음조들은 음의 고저와 음량에 따라, 우리의 눈앞에서 여러 가지 모습으로 그 표면을 펼치면서, 아라베스크를 추구하고, 우리에게 광대함이나 소리의 미약함, 안정성 혹은 급변의 감각을 전한다. 하지만 그 음조들은 연속의 심지어 동시에 들리는 음조들이 우리를 일깨우기도 전에 그 음조에 침식되지 않기 위해, 이러한 감각들이 충분히 전개되기도 전에 그 음조들은 바로 사라져 버린다.

An impression of this order, vanishing in an instant is, so to speak, sine *materia*. Doutless the notes which we hear at such moments tend, according to their pitch and volume, to spread out before our eyes over surfaces of varying dimensions, to trace arabesques, to give us the sensation of breadth or tenuity, stability or caprice. But the notes themselves have vanished before these sensations have developed sufficiently to escape submersion under those which the succeeding or even simultaneous notes have already begun to awaken in us(Proust 228).

순간적으로 사라져 버리는 단독 질료는 들뢰즈가 시뮬라크르를 통해서 나타내고자 한 것이다. 반복은 생성하는 가운데 소멸한다. 사물의 상태 안에서는 아무것도 변화하지 않는다. 반면 응시하는 정신 안에서 어떤 차이, 새로운 어떤 것이 발생하는 것이다. "문체는 사람이 아니라, 문체는 본질 그 자체이다."(*Proust and Signs* 48) 본질은 반복을 되풀이하는 하나의 차이이고, 예술작품에서 펼쳐지는 세계를 통해 작용하는, 계속되는 자기-개별화의 계속되는 과정이고, 자기-차별화하는 과정이다.

차이와 반복은, 서로서로 대립되는 것이라기보다는 "본질의 두 가지의 역량이고, 분리될 수 없고, 상호 연관성을 가지는 것이다."(*Proust and Signs* 48) 세계의 특질로서, 차이는 "여러 가지의 환경을 가로지르며, 다양한 사물들을 합하는 일종의 자동-반복을 통해서 차이를 긍정하고 반복은 여러 가지 등급의 독창적인 차이를 구성하지만 다양성 또한 기본적인 수준에 지나지 않는 반복을 구성한다."(*Proust and Signs* 48) 차이와 반복을 통해 드러나는 본질은 세계의 시작이며, 원시적 요소의 놀이이고, 복잡한 시간의 불안정한 힘이다. 뿐만 아니라, 펼치는 것을 야기하는 세계의 끊임없는 재-시작을 연속적으로 반복하는 하나의 시작이다. 차이들은 자의적인 항들, 예컨대 한 언어의 음소들의 관계 체계를 통해서 창조되는 것이 아니라 한 힘이 다른 힘에 가하는 작용을 통해서 창조된다.

들뢰즈가 프루스트의 분석에서 강조하는 문체는 "기호의 펼침이고, 서로 다른 속도로 전개되면서, 각각의 고유한 연상적 연쇄를 수반하고, 관점으로서 제각각 본질의 파열지점을 획득하는 것이다." (*Proust and Signs* 147) 문체는 언어를 다양하게 사용하는 방식이다. 문체는 언어의 한계를 극복하고 그 가능성을 극대화하는 장치이다. 가능성을 극대화한다는 것은 탈영토화와 연관되며, 탈영토화의 힘은 움직임이며 그 움직임이 곧 소수문학의 정치성이다. 들뢰즈와 가타리는 "예술작품에서 질료는 변화되고, 탈물질화되며, 본질에 충분한 것이 된다. 결과적으로, 예술의 기호(signs of art)는 투명한 것이 되고, 그 의미는 기호를 통해 유희하는 본질이다. 문체는, 필요한 부분들이 연결되어 기호를 개방하고, 물질을 변화시키는 예술적 힘으로, 본질을 지닌 것이고, 세계를 펼치는 차이와 반복의 힘을 가진 것이다"(*Proust and Signs* 39)라고 주장한다.

조르쥬 루이 뷔퐁(Georges Louis Leclerc de Buffon)은 "문체는 사람과 같다"(Bogue, *Deleuze on Literature* 39)고 주장한다. 그러나 문체는 단순히 예술가—주체의 창작품이 아니라, 관점으로서의 주체를 포함하고, 필연적으로 주체를 통과해 지나가는, 세계에서 그것을 펼치는 자기—개별화하는 차이이다. 그러나 그 개별화는 주체에 기원을 가지지는 않고, 세계의 복합요소로서 주체를 구성할 뿐이다. 들뢰즈는 이러한 개별화를 드러내는 방식으로 소수문학에서 비중을 두는 문체에 대해 "문체는 사람이 아니다. 문체는 본질 그 자체이다"(*Proust and Signs* 48)라고 강조한다. 이것은 개별화가 문학

작품에서는 문체로 표현 가능하고 형식의 실험적 창조의 과정이 곧 문학의 본질이라고 주장하는 것이다. 문체는 "기호의 해설이고, 서로 다른 속도로 전개되면서, 각각 적절한 연상의 연쇄를 수반하고, 관점으로서 제각각 본질의 파열지점을 획득하기"(*Proust and Signs* 147) 때문이다. 문체는 기호를 펼치는 과정이다. 그것은 세 가지 기계를 통해, 부분 대상, 공명 그리고 강요된 움직임을 생산하면서, 효과를 생산하지만, 문체 그 자체가 전체화하는 힘을 가지는 것은 아니다. 미셸 까루즈(Michel Carrouges)가 언급했듯이, 기계에 대한 핵심적인 정의는 "움직임을 생산하거나 전달하는 것"(152)이다. 그러므로 문체는 끊임없이 유동적인 흐름에 의해 그 효과를 생산하는 것이어야 한다. 기계는 욕망을 분절시키지만, 그 움직임을 중단하지는 않는다. 결과적으로 들뢰즈의 프루스트의 『잃어버린 시간을 찾아서』에 대한 분석은 시간의 진리에 대한 것이며, 그 진리가 가지는 예술적 본질은 끊임없는 흐름을 생산하는 글쓰기 기계의 거대한 종합을 통해서 드러나고, 이러한 창작과정은 곧 소수문학이 가지는 정치적인 힘의 발현과정이라고 볼 수 있다.

2. 클라이스트의 『펜테질레아』와 전쟁기계

들뢰즈와 가타리는 『천의 고원』 공리 1에서 최초의 전쟁기계(war machine)는 국가장치라는 주권 질서에 포획되지 않으면서 그 외부를 넘나들며 주파하는 자유로운 욕망의 노마드적 흐름을 형성하는 능동적인 유목민으로 재해석한다. 국가 장치 내에서 전쟁기계는 국가장치 안에 있으면서도 그 외부로 존재하며, 국가장치를 넘어서기 위해 발생된다. 들뢰즈는 클라이스트의 『펜테질레아』(*Penthesilea*) 분석을 통해 전쟁기계와 국가장치에 대한 반역 개념을 분석한다.

들뢰즈는 『디알로그』(*Dialogues*)에서 "카프카는 독일어에 대한 새로운 집단적인 배치, 즉 소수적 기계와 문학을 직접적으로 관련짓는 한편, 클라이스트는 전쟁기계와 문학을 직접적으로 관련짓는다."(123)고 언급했다. 들뢰즈와 가타리는 『천의 고원』에서, "국가에 반대하여 야기된 전쟁기계가 클라이스트의 모든 작품을 횡단한다"(368)라고 언급하면서, 클라이스트를 "전쟁기계의 최고속도와 갑작스러운 긴장증, 실신, 긴장감을 가장 훌륭하게 조합시킨 작가"(400)로 평한다. 전쟁기계와 국가 간에는 기본적으로 양립 불가능성이 있어서, 전자의 무정부적, 카오스적 경향이 항상 후자의 질서를 분열시키도록 위협을 가한다. 전사는 필연적으로 반역자이다. 지배적인 의미화 작용뿐만 아니라 안정적인 질서의 세계를 배신하는 사람이기 때문이다. 전쟁을 수행하기 위해, 국가는 전쟁기계를 사용해야만 한다. 전쟁기계는 직접적으로 전쟁을 그 목적으로 삼지 않는다. 들뢰즈는 전쟁기계에 대해 다음과 같이 설명한다.

> 우리는 '전쟁기계'를 탈주선상에서 구축되는 선형적인 배치로 정의한다. 이러한 점에서, 전쟁기계는 결코 전쟁이 아니라 매끄러운 공간을 그 목표로 삼는다. 전쟁기계는 그 공간을 구성하고, 차지하며, 확장한다. 노마디즘은 정확하게 이러한 '전쟁기계와 매끄러운 공간'과의 결합이다. 우리는 (국가 장치들이 최초에 그들에게 속해 있지 않은 전쟁기계를 전유할 때) 전쟁기계가 어떻게 어떤 경우에 그 목표를 위해 전쟁을 수행하는가를 보여 주고자 한다. 전쟁기계는 군사적인 것보다 훨씬 혁명적이고, 예술적인

경향을 가진다.

We define the 'war machine' as a linear assemblage which is constructed
on lines of flight. In this sense, the war machine does not at all have war
as its object; it has as its object a very special space, smooth space, which
it composes, occupies and propagates. Nomadism is precisely this combination
'war machine—smooth space', We try to show how and in what case the
war machine takes war for its object(when the apparatuses of the State
appropriate the war machine which does not initially belong to them). A
war machine tends to be revolutionary, or artistic, much more so than
military.(*Negotiations* 33)

매끈한 공간(smooth space)은 되기의 공간이고 흐름과 변형의 공간이다. 매끈한 공간은 안정적이며 분명한 경계가 지어지는 공간인 홈 패인 공간(striated space)과 대립한다. 노마디즘은 전쟁기계를 통해서 국가기계들과 투쟁한다. 신체적인 수준으로 전쟁기계는 매끈한 공간의 유연한 평면에서 작동하는 기관 없는 신체를 추구한다. 그리고 정치적 수준에서 전쟁기계는 비계층적 조직형식들을 추구하며 다양한 미시적 투쟁들과 연결된다. 다양한 미시적 투쟁들은 동질화하는 형식으로 환원되지 않는다. 전쟁기계는 "순수한 외재성의 형태"(*Plateaus* 354)이며, 탈주선을 따르고 개방하여 배치를 이루는 탈영토화하는 힘이다. 소수문학은 탈영토화를 시도한다. 클라이스트의 작품 도처에 전쟁기계가 횡단하는 점을 생각한다면 클라이스트의 작품 또한 소수문학적 작품으로 정치적이다. 클라이스트의 이러한 측면이 마띠유 까리에르(Mathieu Carrière)의 『클라이스트의 전쟁문학에 대하여』(*For a Literature of War, Kleist*)에 자세히 개진되어 있는데, 사실상 들뢰즈와 가타리는 클라이스트에 대한 자신들의 논평 전부에 이 텍스트를 활용하고 있다. 까리에르는 클라이스트에 대해 "전쟁은 그의 모든 경험을 결정하는 원동력이자, 모체(matrix)이다"(*Plateaus* 36)라고 언급한다.

클라이스트에게 전쟁은 '감염의 분위기'(climate of infection)이다. 전쟁의 목표는 감염된 신체의 탈조직화(disorganization)와 탈영토화이다. 까리에르는 전쟁이 "감응적 조우의 형태"(*Deleuze on Literature* 9-10 재인용)라고 말한다. 클라이스트는 '변용태', 즉 내부와 외부 간의 구분을 무시하고, 이성적인 통제에 반항하고, 논리적인 시간을 분해하는 비개인적 분위기를 추구한다. 전쟁기계는 안정적인 코드와 사회적인 관계를 파괴하는 변용과정의 힘이다. 전쟁은 탈영토화하려는 '감응적 힘들의 조우'이다. 보그는 "들뢰즈와 푸코의 목표가 주어진 영토의 자연스러운 규칙성이 실제로 힘의 유희의 결과물이고 권력관계의 생산물이라고 논증하는 것"이라 평하였는데 (*Word, Image and Sound* 94), 전쟁기계는 신체-대-신체(un corps à corps)의 조우가 빚어내는 역동적인 힘의 변용과정이다.

마띠유 까리에르(Mathieu Carrière)는 클라이스트에게 나타나는 변용태의 중심 형상이 두 개의 무한한 선이 교차하는 지점의 형상이며, "두 개의 혜성, 두 사건의 고리들이 교차하는 추상적인 지점이며, 동시에 부동성(不動性)의 중심이고, 가장 놀라운 속도의 흔적"(13)으로 언급하고 있다.(*Deleuze on literature* 119 재인용) 이는 들뢰즈의 클라이스트에 대한 시각과 일치한다. 심리학적으로 이것은 정지, 즉 연속성 속의 하나의 휴식, 의식 가운데의 하나의 틈, 하나의 구멍 속으로의 점프와 도약으로 체험된다. 이것은 들뢰즈가 '관념'을 통해서, 또는 들뢰즈가 『차이와 반복』에서 밝힌 "순간적 정신(mens momentanea)으로의 질료의 상태"(71)로 미적인 감화력이 발생되는 영역으로 판단된다. 불연속성이나 순간성이 지배한다는 것은 사물의 상태 안에서의 변화가 아니라 상상력을 통해 요소들이 진동을 통해 동질적인 순간들이 수축되고, 수축은 시간의 종합을 이루어 낸다. 선행하는 순간들이 수축을 통해 특수한 것을 봉인하고 있다가 일반적인 것을 개봉한다. 이것은 수동적 종합으로 기억과 반성이 아니라 응시하는 정신 안에서 이루어진다.

예를 들면, 클라이스트의 영웅은 종종 황홀경에 빠져들고, 그들은 잠든 채 걸어간다. 변용태적 지점은 순간적으로 최대한의 가속화와 동작이 없는 마비상태의 발작이 충돌하는 힘들이 연결될 때이다. 설령 우아한 움직임이 변용 지점에서 일어난다 하더라도, 변용태의 분위기는 전쟁의 분위기로서, 심리적인 깊이를 관통하여, 사회적인 장으로 확산되어 나가는 힘의 차원이다. 클라이스트의 연극『펜테질레아』에서는 전쟁의 개인적, 정치적인 양상이 뒤얽히면서, 변용태적 강밀도의 힘들과 물리적인 폭력들이 사랑과 전투의 불안한 관계 속에서 만난다.

이 연극은 트로이의 평원에서 시작되고, 오디세이우스(Odysseus)는 트로이 군대와 함께 아마존인들의 놀라운 출현에 대해 논의를 하게 되는데, 그들은 트로이인들과 교전을 벌였고, 그리스인들과 전투를 벌이고 있다. 아마존인들은 뚜렷한 명분도 없이 싸움을 벌인다. 그들은 계속되는 트로이 전쟁에서 어느 쪽과도 동맹하지 않는 파괴의 순수한 힘이자, 그리스와 트로이의 국가기계에 항거하여 풀려난 무정부의 전쟁기계인 것처럼 보인다. 그러나 실제로, 아마존인들은 그 자체의 국가조직 형태를 가지고 있고, 목적을 가지고 전쟁을 수행한다. 아마존인들은 에티오피아의 왕 벡소리스(Vexoris)에게 정복당했던 스키타이인들(Scythians)의 후손들이다. 에티오피아인들은 스키타이인 남자들을 모두 죽이고 여자들을 모두 겁탈할 계획을 세운다.

그러나 에티오피아의 남자들이 스키타이인 여자들의 침실로 왔을 때, 여자들이 그 남자들을 찔러 죽인다. 그런 잔인한 일이 벌어지던 순간, "한 국가가 세워졌다. 여성의 국가로 (……) 스스로 국가의 법을 세우는 민족/국가의 칙령을 따른다(A nation had arisen, a nation of woman, (……) a folk that gives itself its own just laws,/Obeys its own decrees).(Kleist 379) 여성사제가 적대적인 남성 세력을 영원히 밀어낼 수 있을지에 대해 의심을 가지자, 아마존의 건국 여왕인, 타나이스(Tanais)는 그녀의 오른쪽 유방을 떼어 내고, 스키타이인 정부의 권위를 받아들이는 제의적 화살을 잡게 된다. 그 후 모든 아마존의 여성들은 호전적인 역할을 위해 오른쪽 유방을 떼어 낸다. 이 부분에서 아킬레스는 그들 모두가 "야만적으로, 잔인하게, 불구가 되어 버린"(barbarously, inhumanly, deformed)(Kleist 381) 것이 아닌지를 묻게 된다. 자손을 낳기 위하여, 아마존인들은 주변 부족과 간헐적으로 전쟁을 벌여서, 가장 강한 남자들을 포로로 삼아, 고향으로 돌아와 짝을 짓는 관습을 채택했다. 아마존 사람들이 트로이의 투사들과 후손을 잇고자 한 것도 바로 이러한 이유 때문이다.

그리하여, 아마존인들은 하나의 국가를 가지게 되고, 그 국가는 남성정복자들의 죽음 위에, 전쟁이라는 목표를 위해 자기-절단의 행위로 건설된 국가를 형성한다. 그들이 가지는 구조는 약하지만 그 구조는 젊고, 동요하는 것이었다. 아마존인들은 두 가지 의식을 지키고 있다. 그것은 통제를 벗어나기 위해 위협하는 힘을 자유롭게 풀어놓는 것이다. 꽃다운 처녀들은 축제 때 남자사냥을 시작한다. 전사-처녀들은 군신 마르스(Mars)의 신부들임을 선언한다. "마치 사나운 허리케인의 폭풍처럼"(like the fiery hurricano's blast)(Kleist 383) 그들은 먹잇감에 달려든다. 여사제는 공격받을 사람들의 이름을 부른다.

그러나 어느 누구에게도 개별적으로 적수를 고르는 일은 허용되지 않는다. 장미의 향연에서는 전사-처녀의 귀환을 기록하고, 그때 남자 포로들은 장미꽃으로 장식되며, 그들 정복자들과 함께 주신제의 즐거움을 나누기 위해 초대된다. 첫 번째 의식에서는, 폭력의 익명적인 힘이 풀려나고, 두 번째 의식에서도 똑같이 익명의 리비도적인 힘이 풀려난다. 두 가지 의식은 탈영토화하는 힘을 조절하는 제도이다. 그 두 가지 의식을 통해 익명의 폭력이 풀어놓는 힘과 에로스는 무제한적 힘들은 파괴되고, 붕괴되면서 힘들의 유희를 갖게 된다. 제이콥 보헴(Jacob Boehme)은 『펜테질레아』의 서문에서 클라이스트의 언어들을 '새나 맹수들의 감각적인 언어'라고 평했다. (Kleist xii) 그의 언어는 감각적이어서 변용태의 힘을 잘 드러낸다는 것이다. 그는 스스로를 '말을 할 수 없는 인간'으로 칭하였다고 한다. 이것은 클라이스트 자신이 모국어로부터의 탈영토화, 다르게 말하자면, 인간의 언어에서 동물의 언어에로의 이행, 또는 탈영토화의 과정, 동물-되기 등을 통한 변용과정이라고 분석해 볼 수 있다.

『펜테질레아』는 아킬레스와 아마존의 처녀 여왕인 펜테질레아의 비극적인 사랑/전투에 초점을 맞춘 작품이다. 펜테질레아의 어머니는 임종 때 펜테질레아로 하여금 아킬레스를 찾아서 남편으로 받아들이라는 언약을 하라고 말한다. 이 작품은 이러한 사실에 얽힌 갈등을 모티브로 쓴 작품이다. 아마존인들의 전쟁의식에서 적수의 선택을 금하는 법을 위반하게 된다. 까리에르는 그 연극이 "하나의 변용태에서 또 다른 하나의 변용태에로의 도약을 보여 주는"(*Deleuze on Literature* 122 재인용) 연극이라고 평한다. 그러한 탁월한 감각이 드러나는 대사들로, 펜테질레아가 처음 묘사되는 부분을 살펴보면,

> 그녀는 군대를 이끄는 말 위에서, 부동의, 아무것도 보이지 않는 듯한 멍한 시선으로 무표정하게 있다가, 갑자기 아킬레스를 처음 본 순간, 갑작스럽게 발작하듯, 말에서 내려, 스스로 의식을 잃을 정도로, 얼이 빠져서, 펠레이드의 빛나는 모습에 취해 바라보고 서 있다.

> She is on horseback at the head of her troops, immobile, with blank unseeing eye, expressionless until suddenly her eye falls on Achilles for the first time. With a sudden spasm, she leaps from her horse, and she herself unconscious, infatuate, stands drinking in the Peleid's gleaming form (Kleist 316－17).

이 순간은 변용태적 도약과 발작적인 움직임 그리고 무의식적 강밀도가 두드러지게 나타난 부분이라고 분석할 수 있다. 들뢰즈는 클라이스트의 작품 분석에서, 변용태의 도약에 대한 표현으로 가속화, 마비, 발작 등을 제시한다. 들뢰즈의 기호 해석에서 중요한 것은 그것이 어떻게 형성되는가 하는 발생의 관점이다. 이러한 관점으로 보았을 때, 이것은 상상 혹은 양태에 미치는 변용이며, 감성적인 표현이 강렬하게 드러나 있다고 볼 수 있다.(*Essays* 180)

이어 일어나는 전투에서 그녀는 트로이의 데이포뷔우스(Deiphobus)에게 공격을 받는 아킬레스를 보게 된다. 그때 하늘로부터 그 아

래로, 그녀는 트로이인의 목에 칼날을 갖다 댄다. 격렬한 속도로 돌진하듯이 발작적인 말더듬이 일어나고, 아킬레스는 분별을 잃고, 펜테질레아를 쫓는다. 그러다 갑자기 전차와 군마는/견고하게 엉켜 있는 혼돈에 놓이게 되고 혼돈의 틈바구니에서 움직이지 못하게 된다. 펜테질레아는 아킬레스를 발견하고, "불같은 욕망으로"(in fierce desire), "판단력을 완전히 상실하는"(quite bereft of judgement) (Kleist 323) 상태가 된다. 그녀는 아킬레스에게 다가가 보지만, 수 포로 돌아간다. 영락없이 "턱에까지 거품투성이가 되어 버린 하이 에나의 모습이다! 이는 여자가 아니다."(A foaming-jawed hyena! 'Tis no woman!).(Kleist 324) 이 장면에서 펜테질레아의 '동물-되 기'가 있다. 되기란 반짝 탈바꿈하며, 서로 관통하는 강도, 차이의 차이가 있는 세계이다. 앞서 언급한 바와 같이 작가는 지각-불가능 하게 되기를 그린다. 아킬레스는 여성-되기에, 펜테질레아는 동물- 되기의, 쌍방이 타자-되기가 되면서, 지각 불가능-되기(becoming- imperceptibility)의 순간이 이루어진다. 타자-되기는 탈영토화이다.

펜테질레아의 이러한 장면은 들뢰즈가 말한 '디아그램'의 국면, 즉 대재난(catastrophe)이다. 아킬레스와 펜테질레아는 이미 각각의 종족이 가지고 있는 '홈 패인 공간'을 벗어나 탈주선을 간다. 그들 의 만남으로 인해 욕망이 생산되고 그 욕망은 작가가 그리는 하나 의 추상기계로 작동되면서 '신체-대-신체'의 조우를 통해 변용태 적인 욕망이 생성되고, 아킬레스와 펜테질레아는 각각이 속해 있던 공간은 붕괴되고 지배적인 힘은 붕괴된다. 들뢰즈는 작품에서 드러 내는 생성이 "동일화나 모방 또는 미메시스에 이르는 것이 아니라 한 여성, 한 마리의 동물, 하나의 분자와 더 이상 구별되지 않는 근접성(proximity), 식별 불가능(indiscernibility) 또는 차이 없음 (indifferetiation)의 지대를 찾는 것이다"(*Essays* 2)라고 주장한다. 그리고 우리가 살아가는 사회구조에서 이미 나누어 놓은 성(sexes), 속 (genera), 계(kingdoms) 사이를 무엇인가가 지나간다. "되기는 항상 '사이' 혹은 '가운데'이다"(*Essays* 3)라고 주장한다. 되기가 일어나는 공간은 타자—되기의 공간이며, 서로를 탈영토화하는 그 '사이' (between)이다.

작품 속에서 아킬레스가 이 틈바구니에서 도망치려는 순간, 그는 트로이로 퇴각하여 펜테질레아를 무찌르기로 한 아가멤논(Agamemnon)의 명령을 거역하게 된다. "내가 처음으로 그녀를 희롱할 수 있을 때까지,/그리고 나서, 그녀의 이마는 피로 장식되고,/나의 마차 뒷발에 묶은 그녀의 발을 질질 끌고 가게 될 것이다."(Kleist 333—34) 이 순간, 펜테질레아와 아킬레스는 둘 다 그들의 정부를 배신하게 된다. 한 사람은, 적을 선택하고, 또 한 사람은 지휘관의 명령에 불복종하여, 오디세우스의 말처럼, 스스로를 "이 여성들과 그들의 미친 전쟁에"(Kleist 334) 투신하게 되었기 때문이다. 그리하여 그 둘은 그들 자신의 투쟁에 참여하게 된다. 이에 대해 까리에르는 "아킬레스와 펜테질레아는 똑같이 변용태적인 전쟁 배치를 형성한다"(*Deleuze on Literature* 123 재인용)고 주장한다. 즉, 파괴를 위협할 뿐만 아니라 코드화되지 않은, 강렬한 사랑의 유토피아아적인 약속과 클라이스트의 위대한 광기 어린 욕망 속에서 두 사람으로서 살아가는 것이다. 이러한 것은 유토피아아적 약속을 지지하는 충돌하는 힘들의 분위기가 형성된다.

마침내 그 둘은 직접 전투에서 만나서, 펜테질레아는 일격에 정신을 잃고, 아킬레스에게 그만 잡히지만, 그는 그녀에게 점점 애정을 드러낸다. 아킬레스는 사랑에 빠졌지만, 펜테질레아를 고국 프티아로 데리고 가려던 계획을 포기한다. 그녀는 아킬레스를 전투에서 만나자, "그녀의 개들에 휩싸여서 광폭하게 짓밟으면서/거품으로 얼룩진 입술을 하고 달려가/계속해서 짖어 대는/그들을 향해 자매들이라고 부른다."(with maniac tread among her hound/With foam—flecked lip she goes and call them sisters,/Who howl and howl.)(Kleist 401) 그 개들이 아킬레스를 공격하고, 그녀는 화살을 쏘아 그의 목을 관통시킨다. 그는 그녀에게 "펜테질레아, 나의 연인이여!"라고 외치지만 그녀는 "눈처럼 하얀 가슴에 그녀의 이빨을 깊게 파묻는다./그녀와 그 개들은 무시무시한 혈전을 벌이고, 그녀의 입과 손에서 뚝뚝 떨어지는 (……) 검은 피"(Strikes deep her teeth into snowy breast,/She and the dogs in ghastly rivalry, black bleed …… dripping from her mouth and hands)(Kleist 404—05).

클라이스트의 언어적 실험은 언어의 배치 속에 존재하는 탈영토화의 잠재성을 '보기'와 '듣기'를 통해 발견해 내는 작업이다. 까리에르는 펜테질레아가 무리의 복수성에 융합되는 과정에 대해, "호의적인 전쟁의 배치는 파시스트적인 전쟁기계가 되고, 사랑의 전쟁은 파괴의 신(神)인, 군신의 전쟁이 된다"(*Deleuze on Literature* 123 재인용)라고 비평한다. 변용태는 변형의 접합점이고, 변용과정의 순간들이다. 결과적으로, 대혼돈이 생기게 되는데, 이에 대해 까리에르는 덧붙여 "그것은 중력의 모든 중심의 밀접한 지점이며, 다른 것으로 변형시키는 각각의 능력이 되며, 이는 분열을 향한 경향성을 지닌다"(*Deleuze on Literature* 123 재인용)고 주장한다. 타자—되기(becoming—other)는 창의적인 전망을 지니고는 있지만, 위험을 또한 수반하게 된다. 욕망의 변용태는 쉽게 파괴의 변용태로 바뀐다. 『펜테질레아』의 경우가 그러하다.

『펜테질레아』에서, 들뢰즈와 가타리는 전쟁과 전쟁기계와의 관계를 분석한다. 전쟁기계는 국가와 대립되고, 아마존인들은 "그리스와 트로이, 두 국가 '사이에서' 번개처럼 요동친다. 그들은 통로의 모든 것을 쓸어 내어 버린다."(*Plateaus* 355) 전쟁기계는 안정적인 코드와 사회적 관계를 무너뜨리는 변용과정의 힘이자, 노마디즘의 유목민의 궤도이다. 전사는 기존의 확립된 질서를 무너뜨리고 확립된 질서의 세계를 배반한다. 아킬레스는 펜테질레아를 추구하면서, 자신의 지휘관과 그리스의 사회적 질서를 위반한다. 한편 그녀는 "자신의 국민들의 집단적 법률, 즉 적의 '선택'을 금지하는 무리의 법을"(*Plateaus* 355) 위반한다. 전쟁기계의 변용과정은 주체들 속에서, 안정적인 대립의 두 극 사이의 통로인, 타자-되기의 과정을 유도한다. 아킬레스의 여성-되기와 펜테질레아의 동물-되기는 전쟁기계에 속하는 타자-되기의 일반적인 과정의 두 사례에 불과하다.

하지만 그 과정은 변용태적인 강도들, 비개인적, 비이성적 힘의 접속들을 통해, 부동의, 통제를 벗어난 속도로 작용한다. 클라이스트는 "추상적인 선 위에서 중력 중심의 전위와, 내재성의 면(plane of immanence)[20] 위의 선들의 결합을 생산한다."(*Plateaus* 268) 『펜

---

20) 들뢰즈의 내재성은 스피노자의 이론에 닿아 있다. 스피노자가 평생에 걸쳐 얻으려고 했던 것이 바로 삶의 가능성과 강화였으며, 그것 자체를 그의 삶을 통하여 표현하고자 했다. 들뢰즈의 내재성은 초월적인 것에 반대하는 모든 것을 일컫는다. "우리로서는 존재양식들을 비교, 선별하고, 어떤 것이 다른 것보다 우월하다고 결정할 어떤 초월적인 가치들을 필요로 한다고 생각할 하등의 이유가 없다. 반대로 거기에는 오로지 내재적 기준들만이 있을 뿐이며, 삶의 어떤 가능성이란, 그것이 설정한 운동들과 내재

테질레아』에서 변용태들은 내재적인 상태가 아니라, 외재성의 형태이다. 전쟁은 외재성의 장에서 이루어져야 한다. '주체'의 내면성은 찢기어져서 믿을 수 없을 정도의 속도로 스며든다. 이것은 전개인적, 비인칭적 선험적 공간을 드러내는 것이며, 힘의 흐름을 형성하는 공간을 드러낸다. 변용태들은 우리의 신체 위를 가로지르면서, 화살처럼 전쟁의 무기가 된다. 이에 대해 들뢰즈와 가타리는 "변용태의 탈영토화 속도"(*Plateaus* 356)라고 표현한다. 전쟁기계는 절대적으로 파괴적이지 않지만 그것이 활성화시키는 힘들은 위험하고 잠재적으로 자기-파멸적이다. 그리하여 클라이스트는 국가에 대한 전쟁기계의 투쟁이 항상 "앞서서 패배하는 전투이다"(*Plateaus* 355)라고 밝힌다. 『펜테질레아』에 대한 들뢰즈와 가타리의 분석은 전쟁기계, 탈영토화, 변용태, 동물-되기, 여성-되기, 매끄러운 공간의 유목민적 궤도 등과 같은 개념으로 분석된다. 전쟁기계의 변용과정은 감응의 공간이며, 그 변용과정은 소수문학적 실천적 시도에서 드러나는 역동적, 정치적, 힘의 장이다.

3. 탈주선

들뢰즈와 가타리는 "우리는 모든 방향에서 선분화되어 있다. 인간은 선분적인 동물이다"(*Plateaus* 218)라고 주장하면서, 이항적, 원

성의 평면 위에서 창조하는 강렬함들을 통해 스스로 평가되는 것이다. (……) 실존의 내용, 즉 삶의 강화 이외의 그 어떤 기준도 있을 수 없다."(*What Is Philosophy?* 110)

환적, 선형적 선분성(segmentarite)의 형태와, 그 작동의 양상에 따라 유연한, 원시적인 유형과 경직된, 근대적 유형을 제시한다. 그들은 남성과 여성이라는 단순한 선분성만으로는 사람들의 관계를 포착하는 것이 매우 어려운 것으로 보고, 몰적인 선분성(거시정치) 안에 유연한 분자성(미시정치)이 갖는 흐름으로 파악해야 한다고 주장하면서, N개의 성을 제시하는데, 그들은 계급과 대중을 정의하면서 인간의 욕망을 분자적인 흐름에 둔다. 그들이 말하는 위대한 정치가는 이 흐름의 양자를 선분적인 선으로 변형시키고, 초코드화할 수 있는 사람이다. 서로 얽힌 코드와 영토성의 유연한 선, 일반화된 초코드화로 나아가는 경직된 선, 탈코드화, 탈영토화로 규정되는 탈주선이 있다.

들뢰즈는 『디알로그』(*Dialogues*)의 두 번째 장인 '영미문학의 우수성에 대하여'(On the Superiority of English – American Literature)에서, 문학과 글쓰기의 주제에 대해 언급한다. 그는 대부분의 프랑스의 작가들과는 달리 영미작가들이 글쓰기의 최고의 기능인 탈주선을 추적하는 기능을 이행한 것으로 평가하면서 우수한 문학을 창작한 작가로 토마스 하디(Thomas Hardy), 허먼 멜빌(Herman Melville), 루이스 스티븐슨(Louis Stevenson), 버지니아 울프(Virginia Woolf), 토마스 울프(Thomas Wolfe), D. H. 로렌스(D. H. Lawrence), 스콧 피츠제럴드(Scott Fitzgerald), 헨리 밀러(Henry Miller), 잭 케루악(Jack Kerouac)을 열거한다.(*Dialogues* 36) 미국 문학은 온갖 나라에서 이주해 온 사람들에 의해 구성된 보편적인 민중의 추억과 같은 자기 나름의 고유의 추억을 이야기할 수 있는 작가를 양산할 수 있는 예외적인 능력을 가지고 있다. 잡종이라는 말은 더 이상 혈

통 상황을 지지하지 않고 종의 변동이나 과정을 지칭한다. 이러한 점을 들뢰즈는 주목했던 것으로 보인다. 소수문학은 집단적 발화를 묘사하며, 집단적 배열이 가능한 문학이다. 소수문학에서 드러나는 착란(delirium)은 아버지-어머니의 문제에서 벗어날 수 있게 하는 탈주선을 만든다.

"탈주는 일종의 '착란'으로, 착란이 된다는 것은 정확하게 궤도를 이탈하는 것이다."(*Dialogues* 40) 도피를 한다는 것은 체제로부터의 탈주가 아니라 체제를 탈주케 하는 것이다. 정신분열증이라는 개념은 들뢰즈와 가타리가 조르쥬 바따이유(Georges Bataille)의 정신분석학의 "지출"(expenditure)(*Anti-Oedipus* 4)에서 차용한 것으로 욕망의 은유적인 결합(아버지의 이름으로 작동되는 사회적 코드화)으로부터 해방된 자발적이고 예측이 불가능한 환유적 결합을 의미한다. 정신분열증은 존재와 하나가 되려는 헛된 욕망이 아니라 과잉 축적된 코드에 적용 축적되는 엔트로피, 즉 자신의 에너지를 최대한 방사하고 소비하려는 욕망으로 발전한다. 자본주의는 정신분열증적인 탈영토화와 탈코드화를 통해 사람들을 해방시키는 동시에 다시 재영토화를 이루면서 새롭고 증가된 착취 상태를 사람에게 강제한다. 탈주는 국가장치로부터 전 개체적 리비도의 방출을 그린다. 들뢰즈는 탈주한다는 것은 "하나의 선, 여러 개의 선, 완전한 지도 작성법을 추적하는 것"(*Dialogues* 36)이라고 밝힌다. 탈주선의 통로는 미지의 세계 속으로의 여행이며, 그 목표는 단순히 여행의 과정에 있다.

들뢰즈는 글쓰기와 전체로서의 삶에 대해 '선들'(lines)이라는 개념을 언급하는데, 글을 쓴다는 것은 '언어 속에 새로운 언어를 발견하는 것'이고, '우주의 한쪽 끝에서 또 다른 쪽 끝으로 단어를 운반해 가는 과정'을 창조하는 것이다.(*Essays* iv) 쓴다는 것은 하나의 '항해이자, 여행이다.'(*Essays* vi) 여행은 점(point)과 점을 연결시키는 '통과'이다. 여기서 유목민적인 사고가 출현한다. 노마드적 주체는 기관 없는 신체의 격자를 가로지르는 순수한 강밀도의 한 점이다.(*Deleuze and Guattari* 95) 유목민은 안정과 정착을 갈구하지 않는다. 유목민의 끝없이 이리저리 움직이는 여행은 하나의 생성이다. 12세기 성직자 성 빅터 위고(St. Victor Hugo)는 다음과 같이 말했다.

> 처음에는 조금씩 가시적이고 일시적인 것들에 관해 변화하는 것을 배우는 것은 위대한 미덕의 원천이다. 그러고 나서 나중에 그 마음은 그것들을 모두 뒤에 내버려 두고 떠날 수도 있다. 자신의 고향을 아름답다고 생각하는 사람은 아직도 상냥한 초보자이다. 모든 땅을 자신의 고향으로 보는 사람은 이미 강한 사람이다. 그러나 전 세계를 하나의 타향으로 생각하는 사람은 완벽하다. 상냥한 사람이란 이 세계의 한곳에만 애정을 고정시켰고, 강한 사람은 모든 장소들에 애정을 확장했고, 완전한 인간은 자신의 고향을 소멸시켰다.(사이드 564)

자신의 고향을 소멸시킨 자는 스스로를 탈구조화한 유목민이다. 들뢰즈의 노마디즘은 강밀도들이 기관 없는 신체에서 순환하는 방법에 대한 은유이다. 공간상에서 계속 운동하며 결코 운동을 멈추지 않아야만 하는 포스트모던 주체를 위한 규범적인 목표이다. 유목민은 스스로를 탈구조화한다. 포스트모던 유목민들은 스스로를 모든 뿌리들, 결합들, 동일성들에서 자유롭게 하려 하며, 그렇게 함으로써 국가와 모든 정상화하는 권력들에 저항한다. 소수문학은 탈영토화한 문학이다. 기존 체제가 가지고 있는 모든 경계를 지우고, 전복하여 체제를 탈주하게 한다. 문학은 건강할 때는 외계를 향한 궤도가 되고, 아플 때는 막힌 통로가 된다. 글쓰기로서의 건강은 부족한 민중을 만들어 내는 데에 있으며, 민중을 만들어 내는 상상의 기능 속에 있다.

'탈주선'은 궁극적으로 타자-되기 과정을 추적하는 궤도이다. 소수 작가들은 자국어 내에서 이방인의 언어를 발견하기 위해 타자-되기의 언어적 과정을 부추긴다. 탈주선은 항상 '사이를 지나가는' 선의 행로이며, 언어의 내부에도 있고 외부에도 있다. 그리고 끊임없이 그 자체를 초월하려는 언어적 경향 속에 나타난다. 이러한 과정에서의 새로운 언어 창조는 외부세계와 문학을 연결시킬 뿐만 아니라, 언어 그 자체의 외부에, 들뢰즈가 강조하는 "비언어적 비전과 오디션에 문학을 연결한다."(*Essays* iv) 작가가 비전과 오디션의 창작자로 관찰자와 청자가 될 때, 문학은 "언어 속으로의 삶의 여정"(*Essays* 5)이라는 목표를 획득한다. "글쓰기는 새로운 계열의 연결들을 가시적으로 만들어 낸다."(Johnston 15) 들뢰즈는 문학과 삶 사이, 즉 글쓰기와 그 외부, 외부의 세계와 언어의 외부와의 적절한 관계로 간주될 수 있는 부분들에 대한 윤곽을 그려 내고자 했다.

탈주한다고 하는 것은 "하나의 제도를 새어 나가게 하는 것이다."(*Dialogues* 36) 글쓰기는 탈주선을 추적하는 것이고, 도피한다는 것은 "현실적인 것을 생산하고, 삶을 창조하는 것이다."(*Dialogues* 49) 작가의 아이덴티티가 지워지면서, 흐름들의 접속은 글쓰기와 비글쓰기를 연결한다. 탈주선은 지평선 너머의 것을 유도하는 선이다. 하먼 멜빌은 그의 바다이야기에서 탈주선을 추적한다. 한편,

D. H. 로렌스는 그 길을 "또 다른 세계에로의 수평선을 가로지르는 통로"(*Studies in Classic* 142)라고 말한다. 탈주는 도피처를 구하는 것이 아니라 출발과 도착의 차이를 만드는 횡단선의 과정에 있다. 들뢰즈와 가타리는 탈주의 위험에 대하여서도 경고한다. "탈주의 선과 관련된 네 가지 위험은 첫째 공포, 둘째 명확성, 셋째 권력, 그리고 마지막은 거대한 혐오로서 죽거나 죽이고자 하는 열망이고, 멸망의 정염이다"(*Plateaus* 238)라고 밝힌다. 탈영토화된 순수한 질료를 횡단하는 삶은 비개인적, 비유기체적이며, 개인과 유기체, 그리고 모든 다른 안정적인 실체로부터 추상화된다. 탈주는 탈형식화하는 방식에서의 추상과 내재성의 철학을 통해 초월적인 서구 철학의 고체적인 안정성에서 벗어나 액체적인 유동성을 찾는 시도로 보인다.

빌헬름 보링거(Wilhelm Worringer)의 추상 개념은 "외부세계의 인간에게 일어나는 극도의 내적 불안을 극복"(15)하기 위한 합법칙성의 개념에 중심을 두고 있지만, 들뢰즈의 추상개념은 변이선을 유도하여 생성되는 탈형식화, 즉 탈영토화에 의한 것이다. 탈주의 유동적인 흐름은 움직임 즉 횡단성을 말한다. 들뢰즈는 프루스트 분석에서 "이 텍스트는 실제로 연속성과 전체성을 불러일으킨다. 하지만 핵심적인 부분은 어디에서 이러한 것들이 정교하게 조각되는가를 알아내는 것이다. 그것은 관점에서가 아닌, 더욱이 보이는 사물에 있어서도 아닌, 이쪽 창에서 다른 쪽으로 옮겨가는 횡단선의 문제에 있다"(*Proust and Signs* 153)고 주장한다. 그는 횡단선의 예로, 마르셀이 기차를 타고 여행하던 장면을 거론한다.

(……) 하늘을 다시 이어서 보기 위해, 단 하나의 캔버스 위에 단속적인 순간들을 모으면서, 멋진, 진홍빛의, 끊임없이 변화하는 아침의, 오스트레일리아 주민의, 간헐적으로 펼쳐지는 파편들을, 단 하나의 캔버스에 주워 모으기 위해, 그 광경을 연속적으로 이해하려고, 이쪽저쪽 창문을 뛰어다니면서 창을 통해 보이는 하늘을 짜 맞추면서 나는 시간을 보냈다.

(……) I spent my time running from one window to the other to reassemble, to collect on a single canvas the intermittent, antipodean fragments of my fine, scarlet, ever−changing morning and to obtain a comprehensive view and a continuous picture of it(Proust 704−05).

어느 한순간 여행을 하다가 그는 유리창 너머 창틀 크기만큼의 아름다운 분홍빛 하늘을 바라다보게 되는 장면이다. 기차가 돌아가자, 하늘은 사라졌지만, 곧 반대쪽의 창문에 모양을 이룬 하늘을 다시 보게 된다. 그 하늘은 아주 붉게 보였던 것이다. 들뢰즈가 말하는 탈주선은 이와 같이 횡단선을 통해 끊임없이 이동하는 유목민의 행로를 드러낸다.

탈주의 횡단선들은 전체화되거나 통일화되지 않는다. 오히려 그것은 차이를 확인하는 통로를 열어 둔다. 마르셀은 열차 여행에 대해 말하면서, "여행의 특별한 매력은 우리가 가는 도중에 여러 장소에 내릴 수 있고, 우리가 피곤할 때 모든 것을 중단하는 데에 있는 것이 아니며, 지각 불가능한 것으로서가 아니라 가능한 한 강렬한 것으로 출발과 도착 간의 차이를 만드는 데에 있다."(Proust 693) 그때, 여행은 장소의 횡단선이 되며, 여러 장소들 간의 차이에 대해 최대한의 강밀도를 주는 하나의 통로인 것이다.

탈주선은 궤도를 이탈하여 착란의 상태에 이르는 것이다. 그리하여 도피한다는 것은 지도에 없는 과정을 추적한다는 것이고, 관례적인 의미의 길을 떠나고 이전에 존재했던 코드를 벗어나는 것이다. 들뢰즈는 어떤 것을 도피하게 하는 창의적인 탈구성을 여성-되기, 어린이-되기, 동물-되기, 지각불가능-되기로 특징짓는다. 작가들에게 있어서 탈주한다는 것에 대해 들뢰즈는 "쓴다는 것은 되는 것이다. 그러나 결코 작가가 되는 것은 아니다. 그 밖의 무엇이 되는 것이다"(*Dialogues* 43)라고 말한다. 들뢰즈에게 삶은 개인적인 어떤 것이 아니기 때문에 글쓰기는 비개인적인 역량의 상태로 옮기는 것을 말한다. 이것은 타자-되기의 과정으로 타자-되기의 흐름들의 접속은 일반적인 탈영토화, 즉 "지그재그의 망가진 탈주선 위에서 순수한 질료를 개방하고, 코드를 원상태로 되돌리고, 표현과 내용, 사물의 상태, 언표를 실어 나른다"(*Dialogues* 72-73)는 것을 말한다.

되기는 두 가지의 차원으로 접근 가능하다. "하나는 그것의 질을 규정하는 의지 내지 욕망의 차원이고, 다른 하나는 그것을 가능하게 하는 힘 내지 강밀도의 차원"(『노마디즘 2』34)이다. 모든 되기는 안정적인 아이덴티티를 지우고 '지각불가능-되기'를 지향한다. 되기는 모두 분자 되기이다. 예를 들어 동물-되기에서 되기라는 모방은 "동물적 분자의 근접지대에 들어가는 미립자들을 방사한다면 당신은 동물이 된다"(*Plateaus* 275)라고 이해해야 한다. 그것은 우리가 짖고 있는 개가 되는 것이 아니라 분자적으로 동물-되기가 되는 것이다. 그렇게 함으로써, 하나의 존재가 다른 존재가 되면서, 그 변화의 내재성과 탈영토화하면서 변이된 삶의 창조에 주목하게 되는 것이다.

정정호는 "들뢰즈의 타자는 구조로서 가능세계의 표현으로 타자의 존재 자체를 긍정함으로써 유일성이 아닌 다수성으로 구성되는 전체를 제시하고 있으며, 그동안 우리는 결여된 것을 채우려는 욕망에 익숙해져 왔는데 들뢰즈의 타자론에 대한 연구를 통해 끊임없이 새로운 대상과 새로운 접속을 추구하는 욕망에 대해 인식하게 되었다"(23)고 평하고 있다. 들뢰즈의 타자론은 자아를 벗어나 타자와의 연결점이나 접속지점을 시도하면서 새로운 것을 생성하기 위하여 반-기억 내지 대항-기억을 내세운다. 대문자 기억(Mémoire)은 통상 다수적이고, 몰적인 기억들의 집합이다. 기억은 남성적인 다수자의 심급이다.(*Plateaus* 69) 들뢰즈와 가타리는 탈주선 또는 탈영토화 개념을 통해 이질성, 복합성들이 상호 연계되고 상호 침투되며, 억압적인 단성적인 부호들이 끊임없이 해체되고, 탈중심, 반위계, 반의미 체계, 그리고 위반, 전복, 해방, 혁명의 구역 즉, 욕망이 보편 내재해 있는 장을 연다. 유진 W. 홀랜드(Eugene W. Holland)는 탈주선의 지도 제작적인 측면에 대해 다음과 같이 평한다.

푸코가 규율사회 분석을 통해 종속적이면서도 주체성을 지닌 생산적인 주체화 형식을 설명했다면, 정보사회에서는 선진자본주의의 고속통제의 형태들이 정신분열증의 탈주적 실행 가능성마저도 포획할 듯한 상황으로 만들었다. 그러나 『천의 고원』이라는 저작이 정신분열증적인 탈주선이 진공상태로 분리 소멸되지 않은 채 가로질러 횡단할 수 있고 생산적이 될 수 있도록 하는 정합면 혹은 구성의 평면을 고안해 낸 점은 중요하다.(159)

탈주가 일어나는 공간은 기관 없는 신체의 공간이며 저항하는 가치들이 새로운 것을 구현하는 생성의 장이다. 그리고 그 저항의 강렬함이 기관 없는 신체에서 순환하는 유목운동을 결코 멈추지 않게 하며 그 것은 또한 문학의 '중간성'이 진행되는 공간으로 보인다. 문학은 유목이라는 중간지대에서 리좀적 활동을 통해 위반하고 전복하는 탈영토화의 기계가 된다. 유목적 주체는 욕망하는 기계들 사이를 가로지르며 유동적인 흐름을 생산하면서 국가기계로부터 차이와 강렬함들을 해방시킨다. 이것이 들뢰즈 가타리의 문학이론의 정치적 가치이다.

4. 리좀적 글쓰기와 순수사건

들뢰즈는 영미문학에 관심을 가지기 전, 프랑스의 이성주의에 대립되는 영국의 18세기 경험주의에 애정을 가지면서, 특히 데이비드 흄에 주목했다. 들뢰즈는 흄의 가장 핵심적이고 창조적인 기여가 관념들의 '연상'(association)에 새로운 의미를 부여하고, '관계들'에 대한 위대한 논리를 개발한 것이라고 지적한다. 들뢰즈가 흄을 통해 구축하려 했던 사유의 이미지는 '초월적 경험주의'이다. 여기에서 생성되는 과정은 다양한 부분들의 기계로의 '배치'인데, 이것이 리좀의 인식론적 원리라고 할 수 있다.

흄의 이론을 바탕으로 한 리좀적 글쓰기는 소수문학의 글쓰기이며, 인간과 인간의 외부의 모든 관계를 긍정하는 문학적 사유이고, 분열증과 리좀을 통해 다른 어떤 것과 배치하는 것이며 타자 또는 소수자 되기이고, 탈주의 선을 마련하는 것이다. 들뢰즈는 『카프

카: 소수문학을 위하여』에서 리좀적 글쓰기 실천과 실재에 대한 실험인 욕구와 권력의 사회적 그물망의 지도를 제시한다. 들뢰즈는 흄이 제시하는 관념연합설(associationism)에 대해 다음과 같이 설명한다.

> 흄의 사유는 이중으로 세워졌다. 즉, 관념들 혹은 감각적 인상들이 어떻게 시간과 공간을 최소한 정확하게 지시하는가를 보여 주는 방식을 언급하는 원자주의를 통해서, 관계들이 이 용어들 사이에서 설립되는, 항상 그 외부에, 다른 원리들과 의존적으로 세워지는 방식을 보여 주는 관념연합설을 통해서이다. 전자는 마음의 물리학이고 후자는 관계들의 논리이다. 따라서 후에 버트란트 러셀과 현대 논리학에서 발전시키는, 원자들과 관계들의 접속적 세계를 발견하여, 관계들의 서술적인 판단을 강제하는 형식을 최초로 깨어 버리고 자율적인 관계들의 논리를 가능하게 만든 것은 바로 흄이다.

> Hume's thought is built up in a double way: through the atomism that shows how ideas or sensory impressions refer to punctual minima producing time and space; and through the associationism that shows how relations are established between these terms, always external to them, and dependent on other principles. On the one hand, a physics of the mind; on the other, a logic of relations. It is thus Hume who first breaks with the constraining form of predicative judgment and makes possible an autonomous logic of relations, discovering a conjunctive world of atoms and relations, later developed by Bertrand Russell and modern logic, for relations are the conjunctions themselves(*Pure Immanence* 38).

18세기 주류 철학에서 벗어나 미래의 철학을 예견한 흄을 통해 들뢰즈는 생성철학의 토대를 마련하였다. 콘스탄틴 바운다스(Constantin V. Boundas)는 『경험주의와 주체성』(*Empiricism and Subjectivity*)의 영역본 서문에서 들뢰즈가 흄의 경험주의 철학을 통해 모든 종류의 초월철학에 대항하였고, 흄의 차이의 경험주의적 원리, 즉 모든 관계의 외재성의 이론을 통해 소수자 담론을 구성했으며, 병렬적 나열물의 문제틀을 수립하였다고 밝혔다. 또한 초월의 장에 바로 주체적인 동격자들을 부여하는 모든 이론들의 미해결의 전제에 기초를 두고 입론하는 오류에 반대했다고 말한다(2). 들뢰즈는 『디알로그』의 영어판 서문에서 경험주의를 다음과 같이 규정한다.

> 다양체들은 역사 없는 되기와 주체 없는 개별화(강, 기후, 사건, 하루, 시간 각각이 개별화되는 방식으로)로 구성되어 있다. 즉, 그 개념은 이성주의가 가지는 만큼 경험주의에서도 가지지만, 그 사용과 본질은 완전히 다르다. 그것은 하나－되기, 전체－되기 또는 주체로서의 되기가 아니라 다양체－되기로 구성되어 있다. 경험주의는 기본적으로 논리와 연결되어 있다. 말하자면 그것은 다양체들의(그 관계들이 하나의 양상에 불과한) 논리이다.

> Multiplicities are made up of becomings without history, of individuation without subject(the way in which a river, a climate, an event, a day, an hour of the day, is individualized). That is, the concept exists just as much in empiricism as in rationalism, but it has a completely different use and a completely different nature: it is a being－multiple, instead of a being－one, a being－whole or being as subject. Empiricism is fundamentally linked to a logic－a logic of multiplicities(of which relations are only one aspect)(*Dialogues* viii).

경험주의를 배경으로 한 '리좀'에 대한 설명에서, 들뢰즈는 영미문학의 많은 작품들이 프랑스문학의 작품들보다 다양체들에 훨씬 더 접근하는 것으로 보면서, 그들이 "글쓰기란 어떠한 것인가?"에 대한 물음에 답을 갖고 있는 것으로 본다. "다양체에서 중요한 것은 용어나 요소들이 아니라 '사이'에 있다. 그 사이는 서로 분리될 수 없는 일련의 관계들이다. 모든 다양체는 중간에서 자란다. 마치 풀잎이나 리좀처럼. 우리는 끊임없이 두 개의 개념과 심지어 다른 사고방식처럼 나무에 리좀을 대립시킨다. 하나의 선은 한 지점에서 다른 지점으로 가는 것이 아니라 분기되고 갈라지면서 끊임없이 두 점 사이를 통과한다."(*Dialogues* viii)

세계는 단일한 유기적인 체계가 아니라 다양하게 분기하는 카오스모스이다. 이 세계에 일어나는 현상은 특이성으로 이루어진 하나의 사건이다. 들뢰즈는 이 개념을 하나의 특이성이 수많은 방식으로 다른 것과 연결될 수 있는 '리좀'으로 설명하고 있다. 리좀은 복수성으로, 연결성, 다질성을 특징으로 한다. 무의식에 의해 연결된 이질적인 연결들이 새로운 길을 연다. 리좀은 생성의 복수성을 나타내는 용어로 직선적인 서양의 문학관을 비판하고 하나의 통일된 구조 내에 통합되지 않은 비위계적이고 수평적인 개념이다.

나무는 혈연관계이나 리좀은 결연관계이다. 리좀의 조직은 "그리고 (……) 그리고 (……)의 연접이며, 간주곡(intermezzo)이다. 간주곡이란? 항상 가운데서만 위치하며, 그리고 (……) 그리고 (……)의 논리로 중단 없이 이어진다. 더 이상 재현이란 없다. 오직 행동만이 있을 뿐이다."(*Plateaus* 54) 이러한 연접은 동사를 흔들고 뿌리를 뽑는 충분한 힘을 가지고 있다. 리좀적 언어는 동사원형이다. 예를 들어, 과정을 설명하는 언어 '푸르러지다'(verdoyer) 같은 언어가 리좀의 언어로 적당하다. 리좀적 언어를 통한 순수생성은 과거와 미래, 어제와 오늘, 더와 덜, 능동과 수동, 원인과 결과 등을 동시에 진행하는 순수생성이다. 의미는 오직 동사에 의해서만 표현될 수 있다. '번역되다, 번역될 것이다'라는 양 방향적 의미는 '번역되다'라는 부정형으로 한 번에 표현된다.

"백지상태 만들기, 0에서부터 다시 시작하기, 시작에서 토대를 추구하는 것이다. 영미문학은 서로들 사이를 이동하고 논리를 수립하고, 존재론을 전복시키고, 토대를 없애 버리고, 끝과 처음을 무효화시키는 방법을 알고 있다."(*Plateaus* 25) 이것은 특히 언어의 이접적인 종합(disjunctive synthesis)으로 나타난다. 구체적으로 리좀은 다음과 같은 특성을 가진다.

1과 2. 연결과 이질성의 원리들, 리좀은 어떤 것과도 연결될 수 있으며 그렇게 되어야만 한다. 이것은 나무, 즉 뿌리와는 다르다. 그것은 한 점을 이루며 하나의 질서를 이룬다. 3. 다양체의 원리: 복수적인 것이 하나의 실사로서 효과적으로 다루어질 때이다. 다양체들 그것은, 주체와 객체로서, 자연의 또는 영혼의 실재, 이미지, 세계로서 일자와의 어떠한 관련도 맺지 않는다. 4. 비의미작용적(의미화 단절의) 원리: 덧 코드화에 대응하여 구조를 분리시키는 것 또는 하나의 구조를 뚫는 것에 대응하는 것. 리좀은 망가질 수 있거나 주어진 장소에서 흩어질 수 있다. 하지만 이전의 어느 선에서 또는 새로운 선에서 다시 시작할 것이다. 5와 6. 지도 제작의 원리. 전사의 원리의 특징을 가진다. 리좀은 어떤 구조적 생성적 축을, 또는 깊은 구조적 혹은 생성적 모델을 수정할 수 있는 것이 아니다. 연속적인 단계들이 조직되는 통일체에 대한 생각에는 아주 낯선 개념이다. 뿌리 깊은 구조는 즉각적인 구성물로 파괴되어 버릴 수 있는 바닥이라는 연속적인 차원을 가지는 한편, 리좀의 통일성은 또 다른, 변형의, 주체적인 차원으로 통과하게 된다.

1and 2. Principles of connection and heterogeneity: any point of a rhizome can be connected to anything other, and must be. This is very different from the tree or root, which plots a point, fixed an order (……) 3. Principle of multiplicity: it is only when the multiple is effectively treated as a substantive, "multiplicity", that it ceases to have any relation to the One as subject or object, natural or spiritual reality, image and world. Multiplicities are rhizomatic, and expose arborescent pseudomultiplicities for what they are.

4. Principle of asignifying rupture: against the oversignifying breaks

separating structures or cutting across a single structure. A rhizome may be broken, shattered at a given spot, but it will start up again on one of its old lines, or on new lines.

5and 6. Principle of cartography and decalcomania: a rhizome is not amenable to any structural or genetic axis or deep structural or generative model. It is a stranger to any idea unity upon which successive stages are organized; a deep structure is more like a base sequence that can be broken down into immediate constituents, while the unity of the product passes into another, transformational and subjective, dimension(*Plateaus* 7 — 12).

도피와 변형의 다중적 통로들을 가능하게 하는 리좀은 이론과 실천 둘 다에서 리좀적 운동을 규율화하려는 '국가사상'에 대립되는 '유목사상'의 형식이다. 이광래는 들뢰즈 가타리의 이론에 대해 "권력 중심들이 그것들을 도피시키는 것에 의해서 또는 그것들의 권력지대보다는 그것들의 무능력에 의해서 더 잘 정의된다. 예를 들어, 가부장적 가족을 벗어나는 여자들, 이성애적 순응의 구속을 벗어나는 동성애자들, 인종차별적 이데올로기를 공격하는 유색인종들은 몰적 선들에서 벗어나는 '소수자가 되는 과정'에 있는 사람들을 통해 더 잘 설명될 수 있다"(208)고 밝히면서, 리좀 이론을 통한 소수자-되기에 대해 긍정적인 의견을 보인다.

그러나 그는 수목적 다중체와 리좀적 다중체가 대립이 아니라 수목적 구조들이 리좀적 선들을 가지고 있는 것으로 본다. 하지만 들뢰즈와 가타리에게서의 권력과 푸코의 권력의 구분에 대해 "첫째, 그들의 탈영토화된 선들은 권력에 의한 것이라기보다 욕망에 의한 것이며, 리좀은 내재적으로 평평하며, 비계층적이고, (……) 권력은 욕망의 흐름에 대한 부대적 현상이다. 둘째, 탈주선은 저항이나 역공노선이라기보다는 긍정적이고 창조적이다"(207)라는 주장을 펼치면서, 욕망에 대해 니체의 방식으로 푸코를 벗어나고 있는 것으로 평한다. 그리고 그들은 이론의 창조성에 긍정적인 입장을 보인다.

리좀은 다양한 사회적 흐름을 분석하여 더 많은 탈영토화의 탈주선들을 찾아내고 긍정적이고 창조적인 가능성을 찾아내는 역할을 위한 모형이다. 들뢰즈와 가타리의 개념에서 기본적인 정치적 의도는 욕망의 미시정치학이다. 이것은 보그가 주장하는 "미시정치적 간섭"(*Deleuze and Guattari* 104)으로 표현될 수 있다. 미시정치적 간섭은 우리가 살아가는 현실에서 미시적 파시즘을 분해하고 해체하는 시도로 볼 수 있으며, 제도적 지역적 변형에 영향력을 미치는 시도가 되며, 그 시도는 창조적 관점을 생산하고 긍정적인 방식을 모색하는 발전적 시도로 판단된다.

리좀적 사유를 바탕으로, 들뢰즈의 사건들은 생성이라는 현실적인 맥락에서, '계열화' 개념을 도입함으로써, 직관을 통해 경험의 운동을 거치면서 압축 또는 수축에 의해 계열이 결정되면서, 겉보기에 잡다한 사실들에 불과한 것들이 자연적 친화성에 따라 좁혀지고 모아질 수 있다. 리좀적 글쓰기는 각각의 계열들을 우리의 경험을 넘어서는 지점까지 밀고 나아가 분절(articulation)되고 분화(differentiation)됨으로써 사건이 지닌 생성과 차이가 의미화되는 "미적분의 진행과정"(the procedure of infinitestimal calculus)(*Bergsonism* 31)이라고 할 수 있다.

리좀적 사유는 근거나 동일성에 대한 사유에 반하는 이론이다. 이것은 탈중심을 긍정하는 사유인 니체의 영원회귀(eternal return)

를 전제한다. "모든 힘에 의해 긍정되는, 영원회귀를 통해 우리는 보편적인 근거와해를 목격하게 된다."(*Difference and Repetition* 67) 근거와해라는 말은 그야말로 매개되지 않은 바탕의 자유로 받아들여야 한다. 그것은 다른 모든 바탕의 배후에 있는 것이 아닌 바탕의 자유로 받아들여야 한다. 영원회귀는 계절의 순환이나 절대자의 부활이라는 기독교적 반복, 이미 흘러간 역사상의 특정한 사건의 반복 등과 같은 동일자의 회귀를 가리키는 것이 아니다. "반대로 차이 나는 것을 위해 되돌아오는 상태가 바로 영원회귀이다."(*Nietzsche and Philosophy* 55) 여기서 차이 나는 것이 바로 시뮬라크르이다.

영원회귀는 "차이를 낳는 유일한 동일자와 비통일성을 낳는 유일한 유사자를 만들어 낼 뿐이다. 그것은 발산과 탈중심화를 긍정하는 잠재력이다. 영원회귀는 이 힘을 우월한 긍정의 대상으로 간주한다."(*The Logic of Sense* 305 – 06) 우리가 영원회귀에 부여하는 동일성은 생성이다. "존재란 없으며 모든 것은 생성 속에 있다." (*Nietzsche and Philosophy* 27) 반대로 존재는 있는 그대로의 생성의 존재 즉 시뮬라크르들의 생성이 영원히 계속되는 동일한 상태, 이 것이 존재인 것이다. 리좀적 사유는 '생성'을 위한 모델이다.

들뢰즈에게 시뮬라크르는 특정한 실재나 대상으로 분리되어 개념화될 수 없는 표면효과에 불과하다. 보드리야르는 "오늘날의 시뮬라시옹은 원본도 사실성도 없는 실재, 즉 파생실재를 모델들로 산출하는 작업이다. (……) 오늘날의 시뮬라크르의 제작자들은 모든 실재를 그들이 시뮬라시옹에 의해 만든 모델과 일치시키려 한다. 어떤 것과 다른 것 사이의 '다름'은 사라져 버렸다"(12 – 13)고 주장한다. 들뢰즈는 원본과 복사물의 대립을 차이로써 파기하는 시뮬라크르를 긍정하는 한편, 보드리야르는 원본과 복사물의 차이를 무화시키는 시뮬라크르를 제시한다. 보드리야르는 시뮬라크르가 원본이자 복사물이라고 하는 한편, 들뢰즈는 시뮬라크르가 원본도 복사물도 될 수 없으며 이런 구분 자체를 불가능하게 만든다고 생각하고, "인위적인 것과 시뮬라크르는 같은 것이 아니다. 서로 대립하기까지 한다. 인공물은 언제나 복사물의 복사물이다. 그것은 그 본질을 바꾸어 시뮬라크르로 전환되는 그 지점까지 될 때까지 밀고 나아가야만 한다"(*The Logic of Sense* 265)고 주장한다. 이러한 그의 주장은 인공적인 것을 생산하는 것에 그치는 것이 아닌 진정한 창조를 위한 생성적인 관점이라고 볼 수 있다.

영원회귀는 생성을 위한 개념이다. 시뮬라크르는 리좀적 글쓰기의 표면효과이다. 표면효과는 사건을 통해서 표현된다. 『의미의 논리』스물한 번째 계열에서, 들뢰즈는 신경증환자들과 소설가들이 표면에 드러내는 그 유형들을 대조 분석하면서, 개별화된 형태를 가정하여 사건의 비개인적 펼침과 신체의 구체적인 현실화를 대조시키면서, '역실행' 개념을 전개한다. 소설은 증상의 실현(realization)을 결정한다. 하지만 그와는 반대로, 소설은 등장인물의 허구적 본질이 아니라, 순수한 사건의 본질과 역실행 기제를 펼친다. 신경증환자들은 '가족 로망스'에 사로잡혀 있는 한편, 소설가들은 표면으로부터 탈인격화되어 등장인물과 주어진 예술작품의 행동을 통해 펼치게 되는 '순수사건'을 추출해 낸다. 들뢰즈가 말하는 소수문학의 소설들은 순수사건을 통해서 크로노스적인 시간의 계층적 질서를 가지는 작품보다는 아이온의 시간 위의 순수사건을 방출함으로써 순수시간을 방출하는 글쓰기-기계의 작동을 원한다.

그들이 말하는 소설의 역할과 행위자는 미래, 과거, 현재의 아이온의 선분 위에 놓이게 된다. 순수시간은 부정법의 시간이기도 하고 비인칭적 시간이기도 하다. "고유한 사건을 통해서 행위자가 희극배우가 되는 것, 이것이 역실행이다."(*The Logic of Sense* 151) 사건을 원한다는 것은 무엇을 의미하는가? 사건을 원한다는 것은 '의지적인 직관' 그리고 '변이'(transmutation)이다. 사건은 사고가 아니라 발생하는 것이며 "우리에게 신호하고 우리를 기다리는 순수 표현된 것이다."(*The Logic of Sense* 149) 사건은 이해되어야 하는 것이며, 원해져야 하는 것이고, 발생하는 것 안에서 재현된다. 들뢰즈의 사건은 표면효과들이다. 사건은 '전투'라기보다는 '전투하는 것'이다. 사건 자체는 현존하지 않으면서 실재성을 지니며, 추상적이지도 않으면서 관념적이다.

관념적이라는 것은 플라톤의 이데아적인 것이 아닌 물질적인 실체로 아이온의 과거와 미래에 존속하는 '표면효과'이자 개체화의 잠재적인 에너지이다. 보그는 이것이 "영원회귀의, 타나토스(Thanatos)의 시간 또는 시간의 세 번째 수동적 종합이다"(*Deleuze and Guattari* 70)라고 주장한다. 행위자가 표상하는 것은 언제나 아직 오지 않은 미래와 이미 지나간 과거이다. 행위자의 표상은 분할되고 분열된다. 행위자는 희망하거나 회상하는 어떤 것을 연기하기 위해 '순간 안에' 머문다.

그것은 사건의 요소, 즉 개체들과 인칭들의 극한들로부터 효과적으로 해방되어 소통하는 특이성들에 의해 구성된 하나의 테마이다. 그것의 행위자는 스스로를 비인칭적이고 전 개체적인 역할로 개방하기 위해 그의 인칭성을 좀 더 분할될 수 있는 한순간에 놓는다.

"그것은 끝없이 그 선을 분할하는 직선 위의 한 점이다."(*The Logic of Sense* 150) 사건은 순간에 나타났다가 사라지는 것이다. "사건이라 는 것은 순간적인 존재이다. 이 순간적인 존재가 시뮬라크르인 것 이다."(이정우 18) 시뮬라크르는 순수사건(pure event)이다. 순수사 건은 아이온의 시간의 전 개체적인 순수시간을 방출하는 것이다.

들뢰즈는 모더니티를 시뮬라크르가 가지고 있는 힘에 의해 정의 하면서, 철학은 시간 초월적인 것을 만들어 내는 데에 있는 것이 아니 라, 새로운 '개념 창조'를 위해, "니체가 말한 '때 아닌 것'(untimely)을 모더니티로부터 끌어내고, 모더니티에 속해 있지만 그것과 대립되 어 다시 되돌아오는 것을 추출해 내는"(*The Logic of Sense* 265) 역할 을 해야 할 것을 강조한다. 들뢰즈의 시뮬라크르는 우리가 살아가 는 도시와 거리에서 만들어 낸 것이며, 플라톤의 이데아를 전복함 으로써, 영원회귀를 통한 차이와 반복을 통해 생성의 장이 된다. 그리하여 그들의 이론은 역동적인 힘이 흘러넘치는 전복과 창조의 정치적 가치를 가진다.

언표행위의 집단적 배치

1. 기계적 배치와 집단적 배치

폴 패턴(Paul Patton)은 들뢰즈와 가타리의 보편사에 대해 추상화와 반역사주의로 인해 주목할 만한 것으로 평한다.(61-80) 들뢰즈와 가타리에게 사회적 기계들은 일반적인 것으로 비진화론적 상호 공존의 사회이며, 사회적 욕구 생산은 분열증적 탈영토화와 편집증적 재영토화가 동반되면서 전반적으로, 이것이 강화되는 경향을 지닌다. 그들은 구조주의자들과는 달리 기호와 상징계에 대해 일차성을 부여하지 않는다. 푸코는 감옥이라는 물질적 장치, 팬옵티콘이 그의 관심사이지만, 그들은 일차적으로 기표의 독재에서 벗어나 장치나 배치를 통해 작동하는 권력에 관심을 가진다. 그들의 사유는 동일자나 차이 그리고 타자를 찬양하는 것이 아니라, 동일화가 지배하는 서구적 사유로부터 내부적 균열을 유도하고, 외부의

타자를 통해서 이성을 비롯한 모든 동일자의 경계를 가변적으로
연속화하면서, 생성적인 차이의 힘을 작용하게 하여 기표의 독재적
인 힘을 깨부수고자 한다. 그들은 『반－오이디푸스』(*Anti －Oedipus*)
에서 "욕망이 자신에 대한 억압을 욕망하는 이유는 무엇이며, 그것
은 또 어떻게 자신의 억압을 욕망할 수 있는 것일까?"(*Plateaus*
225)라는 의문을 던지면서 이것을 '정치학의 근본 문제'로 명명한
다. 그들은 프로이트의 가족 삼각형을 비판하고, 욕망을 분자적,
능동적 생산으로 규정한다.

　들뢰즈와 가타리는 소수문학에 있어서 "모든 것은 집단적인 가
치를 가진다"(*Kafka* 17)고 주장한다. 그리고 소수 작가의 임무는 "사
회적 재현으로부터 언표행위의 배치와 기계적 배치를 끌어내어 배
치들을 분해하여 사회적 재현을 탈주케 하는 것"(*Kafka* 46－47)이
라고 밝힌다. 기계적 배치는 사물들의 계열화를 통해 신체적인 상
태를 표시하는 것을 말하며, 그와 상관적인 언표 내지 행위들의
집합은 '언표행위의 배치' 라는 개념으로, 영토적 측면의 배치 내
지 그것을 안정화시키는 재영토화된 배치이며, 다른 한편으로 그것
을 제거하는 탈영토화의 첨점이다.

　그들은 문학이 "도래할 악마적인 힘으로서 혹은 건설하는 혁명
적인 힘으로서만 존재한다"(*Kafka* 18)고 주장하면서. 언어적 접근
방식에서 언표행위의 집단적 배치, 비담론적 기계적 배치 그리고
이러한 배치를 분배하고 연관 짓는 추상기계를 전제한다. 그들은 "주
체는 없다. 언표행위의 집단적 배치만 있을 뿐이다"(*Kafka* 18)라고
강조한다. 다수언어나 소수언어 양쪽 모두에 집단적 배치는 효력을
가진다. 하지만 소수적 언어를 창조하고자 하는 작가는 다수적 언

어에서 개인에게 할당된 그 기능을 거부하고, 직접적으로 집단적인 언표행위의 배치에 종사한다. 이것은 집단적 주체의 횡단적 관계에 대한 논의와 관련된다.

가타리는 그의 저서 『정신분석학과 횡단성』(*Psychoanalysis and Transversality*)에서 집단에 대한 정신분석학과 정치학이론에 대한 발전적 업적을 이루었다. 이 이론의 대부분은 『반－오이디푸스』에서 중요한 역할을 차지하고 있다. 그는 집단과 제도의 심리학이 개인의 분석에 본질적으로 연결되어 있다고 본다. 그는 저항, 전이, 환상의 형식들을 가지고 있는 집단 주체성에로의 연구로 분석을 확장했다. 그는 집단 주체성이야말로 "모든 개인적 주체성이 출현하기 위한 절대적인 조건을 형성한다"(90)고 주장했으며, 개인의 리비도적 집착은 곧 사회적이라고 논증하고, "바로 나의 가장 내밀한 존재구조가 동시대의 역사적 사건들로, 적어도 다양한 방법으로 나에게 새겨진 사건들로 구성되어 있다"(154)고 주장하면서 주체에 앞서 사회적 상황에 놓여 있는 생산적, 유목적 주체 형성에 주목한다.

한편 가타리는 정신병자란 현실과 접촉할 수 없는 사람이 아니라 "역사적 우주의 네 모서리들을 가로질러 확산되어 있는 사람이다. 왜냐하면 광인은 낯선 언어로 말하는 것으로 시작하고, 역사를 환각에 빠뜨리기 때문이다. 여기에서 계급적 갈등과 전쟁은 자기표현의 도구가 된다"(155)라고 주장한다. 그는 자신의 환상에 예속된 집단적 주체들과 새로운 의미를 접합하고 새로운 상호작용 양식을 시도하는 집단적 주체들을 구별한다. 후자의 집단적 주체들은 명령의 수직적 위계들이나 역할의 전통적인 수평적 분배 그 어느 것도 강화시키고자 하지 않으며, 집단이나 제도의 다양한 수준들 사이의 비정통적, 횡단적 관계들을 수립한다. 집단적 주체의 임무는 "한 제도의 다양한 수준들에서 무의식적 횡단성의 상이한 계수들을 수정하고 각 개인의 역할에 대한 구조적 재정의와 전체의 재정향을 만들어 내는 것이다."(80) 그는 위계적인 대표자가 아닌 프롤레타리아로 하여금 그들 자신의 욕구들을 분절할 수 있도록 구조화해 주는 집단적 주체를 내세운다.

폴 클레(Paul Klée)는 가타리와 마찬가지로 "사람들만으로는 부족하다"(55)라고 언급하면서, 집단적인 언표행위의 중요성을 뒷받침하는 주장을 피력한다. 작가들은 새로운 배치들을 통해 또 다른 하나의 다양체를 만들어 낸다. 작가들은 비동질적인 요소들을 한데 모아 일정한 기능을 하게 만든다. 작가로 하여금 잠재적인 다른 공동체를 찾게 해 주는 것은 다름 아닌 바로 작가의 상황이다. 예를 들어 카프카의 『어느 개에 대한 연구』에서 문학이라는 기계와 혁명적인 기계가 이어지는 방식이 드러난다. 이데올로기적인 명분이 아니라 바로 문학 외의 그 어느 곳에서도 가능하지 않은 집단적인 발화를 가능하게 하기 때문이다.

카프카의 경우에는 생쥐 요세핀도 개인적인 노래를 거부한다. '이루 헤아릴 수 없는 많은 민족적 영웅들'의 집단적 발화 속에 녹아들게 하고 일곱 마리 음악가 개들은 개별적 동물에서 집단적 다수에로의 이행을 한다. 카프카 작품의 K는 어떤 기계 장치 또는 집단 동인을 지칭한다. "인간에게는 개 또는 고양이의 역할을 하는 것으로 구성되어 있지 않는 동물이 되는 단계들이 존재한다."(Lawrence, *Reflection on the Death* 349) 왜냐하면 동물과 인간은 오직 하나의 공통적인 그러나 비대칭적인 탈영토화의 길 위에서만 만나기 때문이다.

배치는 공동의 기능을 찾아 주는 일이며, '공생'(symbiosis)이며 '공감'(sympathy)이다. 문학은 다양체의 한가운데에 있는 기관 없는 신체로서 그와 같은 공감을 확장한다. 들뢰즈는 "공감은 삶을 위협하고 오염시키는 것을 미워하고 공감이 확산되는 것을 사랑하는 신체적 투쟁이다. (……) 되기는 알코올이나 마약이나 광기 없이 사랑하는 것이다. 점점 더 풍요로워지는 삶을 위해 제 정신이 되는 것이다"(*Dialogues* 52−53)라고 밝히고 있다. 그러므로 소수문학의 작가들은 배치를 통해 새로운 다양체들을 발굴하면서 더 많은 공감과 공생을 위한 가능성을 찾는 작업을 수행해야 한다.

배치는 언제나 탈주선을 가지고 있다. 배치는 스스로 탈주한다. 탈주를 통해 언표행위들이, 탈분절화된 표현들이 흘러가게 하여야 한다. 그리하여 그 내용들이 탈형식화되고 변형되도록 해야 한다. 다시 말하면 배치는 무제한의 내재성의 장 속으로 확장되거나 그것을 관통하게 하여야 한다. 그리하여 그 선분들이 마구 뒤섞이어 욕망으로 하여금 모든 구현물과 추상에서 벗어나게 하는 것이다. 두 개의 탈영토화의 첨점 중의 그 하나인 "표현을 강렬도의 언어가 되게 하고, 또 하나인 내용으로 하여금 욕망의 쳐진(숙인)−고개에 반(反)하여 고개를 들이밀게 하는 것"(*Kafka* 86)이다. 이러한 첨점이나 특이성은 언제나 집합적이며 소수적인 것 가운데에서 배치를 통해 창조된다. 이러한 조건이 소수문학적인 것이다. 다수문학으로부터 탈영토화하여 또 다른 새로운 가능성을 제시하는 길을 열어 주는 소수문학을 창조하는 것이다.

들뢰즈는 생기론적인 역량이 가지는 역동적인 부분에 주목하여 소수문학의 창조적 가능성을 모색한다. 무엇보다도 힘의 개념은 언어적 질서에 기초를 둔 명제를 넘어서는 영역과 관련이 있다. 들뢰즈와 가타리가 언급하는 내재적인 힘의 장은 존재 자체로부터 주어진 불변의 속성에서 발견되는 것이 아니라, 존재가 외부의 다른 존재들과 결합되고 배치되는 와중에서 '생성'과 동시에 발생하는 것이다. 내재성은 결합과 배치가 낳은 생성을 긍정하는 원리이다. 그리하여 들뢰즈에게 예술의 다양한 형태들은 특정한 힘의 유형들에 관한 현현(Epiphany)으로 간주되고, 힘의 현현은 배치를 통해 이루어진다.

최소한 실재의 단위는 단어, 관념, 이데아, 개념, 기의가 아니라, 배치이다. 언표를 생산하는 것은 항상 배치이다. 언표문들은 언표 주체로서 하나의 주체와 관련을 갖는 것처럼, 그것들은 언표행위의 주체 역할을 하는 하나의 주체를 그 원인으로 갖지 않는다. 진술된 문장은 우리의 내부와 외부에서, 인구, 다양체들, 영토, 되기, 변용태, 사건들을 활동하게 하는 배치의—항상 집단적인—생산품이다.

The minimum real unit is not the word, the idea, the concept or the signifier, but the assemblage. It is always an assemblage which produces utterances. Utterances do not have as their cause a subject which would act as a subject of enunciation, any more than they are related to subjects as subjects of utterance. The utterance is the product of an assemblage — which is always collective, which brings into play within us and outside us populations, multiplicities, territories, becomings, affects, events(*Dialogues* 51).

언어의 코드화가 실행되는 것은 관습이나 제도 그리고 물질의 실체와 같은 사회적으로 인증되는 관계망을 통해서이다. 이러한 복잡한 관계망은 '배치'(assemblages: agencement), 즉 이질적인 행동이나 어떤 식으로든 함께 기능하는 실체의 집합체로 구성된다. 배치의 수평축에는 능동, 수동 작용의 몸체들인 "비담론적 기계적 배치와 담론적인 언표행위의 집단적인 배치"(*Plateaus* 88)라는 두 가지의 절편이 있다. 기계적 배치는 다양한 형태의 관습과 요소들이 서로 반응하면서 신체들이 섞이는 신체, 행동 그리고 열정 등의 배치이고, 언표행위의 집단적 배치는 신체에서 비롯되는 행동과 진술의, 비물체적 변형의 배치이다. "내용은 기의가 아니고 표현은 기표가 아니다. 내용과 표현은 모두 배치의 변수이다."(*Plateaus* 115) 기계적인 배치는 내용의 수준으로, 집단적인 언표행위의 배치는 표현 수준으로 기능한다. 내용과 표현을 서로를 전제하며 이질적인 형식에 따라 분배된다.

내용과 표현은 배치의 양면을 이루면서 서로를 전제하는 관계이지만, 기의/기표의 관계와는 달리 기본적으로 "어떤 공통의 형태가 있거나 일치 혹은 상응관계가 있는 것은 아니며"(*Foucault* 41), 그 둘 사이에는 항상 실재적인 독립과 구분이 있을 뿐이다. 그리고 "우리가 기표에 대해 말할 수 있는 것은 오직 한 가지이다. 잉여(redundancy). 그것은 잉여적이라는 것이다."(*Plateaus* 66) 비담론적 기계적 배치는 가시적 내용을 통해, 언표행위의 집단적 배치는 비가시적인 언표 가능한 표현을 통해 형성된다. 기계적 배치는 세계의 실체가 형성되면서 나타나는 다양한 형태의 관습과 요소들이고, 언표행위의 집단적인 배치는 언어적 진술을 가능하게 하는[21] 행동,

---

21) 들뢰즈는 '말할 수 있는 것'과 '말할 수 없는 것'을 특정한 양상으로 분할하고 분배하는 조건을 '언표행위의 배치'라 부르고, 이를 '볼 수 있는 것'과 '볼 수 없는 것'을 분할하고 분배하는 '가시성의 배치'와 구별한다. (……) 지층화의 두 요소, 예컨대 언표

제도, 관습의 형태들이다. 감옥은 건축물과 같은 기계적인 배치와 형법으로 조직된 언표행위의 집단적 배치의 결과물이다. 집단적 배치물은 행위와 언표행위의 잉여복합체이며, 이 사회에 귀속되는 비물체적 변형들의 집합이다. 여기에는 표현이라는 '담론적 다양체'와 내용이라는 '비담론적 다양체'가 끊임없이 교차된다. 달리 말하자면, 내용과 표현으로 이루어진 감옥의 두 배치는 내용/형식이라는 전통적인 반영론적 도식을 해체한다.

이 점은 들뢰즈가 "정신분석은 표면과 깊이를 구분하는 지리학적인(geographic) 것이어야 한다"(*The Logic of Sense* 83)고 주장한 것과 연관 지어 볼 수 있다. 소수문학의 글쓰기는 단어와 기호체제들의 새로운 표현형식과 신체들과 다른 신체들 사이의 상호작용에서 일어나는 새로운 내용형식의 접점을 밝히는 것이다. 내용의 형식들과 표현의 형식들은 자신들을 실어 나르는 탈영토화 운동과 분리될 수 없다. 내용의 변수는 몸체의 혼합체 또는 몸체의 결집체 안에 있는 비율들이다. 표현의 변수는 언표행위 내부에 있는 요소들이다. 서로 소통하고 끼어들고 작용하는 것은 내용과 형식의 상대적 탈영토화의 양자들의 결합 때문이다. 소수문학은 집단적 배치를 통해 언표 가능한 것들을 찾고 실험하는 질료ー흐름의 기능적 배열에 중점을 두는 문학이다.

배치의 수평축의 기계적 배치와 담론적인 언표행위의 집단적인 배치의 두 절편이 있으며, 한편 수직축에는 두 면들이 자신을 안정화시키기 위한 영토화의 면들과 그것을 옮겨 이동하려는 탈영토

가능한 것과 가시적인 것, 담론적 형성과 비담론적 형성, 표현의 형태와 내용의 형태에 관한 일반이론을 제시하고 방법론적인 결론을 끌어낸 것은 『지식의 고고학』이다.(*Foucault* 69)

화의 첨점이 있다. 수직축은 두 개의 양상이 비교되고 결합되는 것, 항상 서로가 서로에 섞이는 것은 결합되거나 교체되는 탈영토화의 정도들이며 동시에 그것이 주어지는 순간 안정화하려는 재영토화의 작동들이다. 기계적 배치물과 집단적 배치물이라는 두 측면으로 분절되는 것 역시 이 두 측면의 형식을 양화하는 탈영토화운동 때문이다. 그러므로 배치는 이질적인 조건들과 기능들로 이루어진 복합이다. 배치는 다른 요소들이 서로 가로지르는 관계를 통해 연결되고 결합된다. 배치는 전체성을 구성하는 것이 아니라 다양한 부분들의 합침으로 구성되는 질료−흐름의 기능적 배열이다.

집단적 기호계의 측면으로 볼 때 배치물은 언어의 생산성에 관련된다기보다는 기호체제, 표현기계에 관련되며 이 기호체제 또는 표현기계의 변수들이 랑그의 요소들의 사용을 결정한다고 볼 수 있다. 이러한 이유로 사회적 장은 갈등과 모순이 아니라 그 장을 가로지르는 탈주선에 의해 정의된다. 정합면22)에서 상호 전제와 상호 삽입이 일어난다. 이 모든 기획에 공통된 것은 랑그라는 추상기계를 세우고 이 기계를 공시적 집합으로 건립하는 것이다. 참된 추상기계는 한 배치물 전체와 관련되어 있는 것이다. 다시 말해 추상기계는 이 배치물의 도표라고 정의되는데 그것은 언어적인 것이 아니라 도표적이고 초선형적이다. 도표의 상태를 두 가지로 구분할 수 있다. 내용과 표현의 변수들이 정합면 위에서 서로를

---

22) 모든 관계들이 내재적인 수준, 내재성의 장과 같은 것이다.(정정호, 『들뢰즈 철학과 영미문학읽기』 419) 들뢰즈는, 미술의 공허함과 음악의 침묵은 비어 있는 것이 아니라 가득 차 있는 것으로 읽는다. 그리고 베케트가 선호했던 화가와 작곡가들이 전면으로 부상하게 하는 것 역시 잠재적인 것, 즉 정합면(또는 일관성의 결합구도)에 근거한 힘의 충만이다.

전제하며 이질적 형식에 따라 분배되는 상태이다. 다른 상태에서는 내용과 표현의 변수들이 더 이상 구분되지 않는데 정합면의 가변성이 형식의 이원성보다 우세하여 변수들을 식별할 수 없게 만들었기 때문이다. 첫 번째는 상대적인 탈영토화 운동에 이르게 되고, 두 번째는 탈영토화의 절대적인 문턱에 이르게 된다. 정합면에서 배치물은 모든 차원을 평평하게 만든다.(*Plateaus* 86-91) 위와 같은 들뢰즈와 가타리의 추상기계에 대한 개념을 통해, 소수문학은 추상기계를 창조하고, 횡단선을 소비하는 유목적 글쓰기를 시도하는 문학이라고 평가할 수 있다. 그리고 그들은 정합면을 고안해 냄으로써 평등 개념의 이론적 토대를 마련한 것으로 보인다.

들뢰즈와 가타리는 언표행위의 집단적인 배치를 통해 소수문학의 작가들이 실재에 실험을 시도하게 하고 언어의 탈영토화를 위한 창조적 실천을 유도한다. 소수 작가들은 단어들을 탈기표화하는 소리로 취급하면서 의미를 유보한다. 그들은 강밀도적 질료에서 표현에 섞여 있는 순수한 내용을 해방시키기 위하여 의미를 정지시키고, 그 형태를 파괴하고, 내용의 형식을 교란시킬 수 있는 "표현 기계"(*Kafka* 28)를 발전시켜야 한다.

"하나의 언표가 '독신자'(bachelor: célibataire)[23)]기계 혹은 예술적

---

23) 욕망하는 생산의 세 번째 요소는 노마드적인 주체인데, "낯선 주체, 고정된 아이덴티티가 없는, 기관 없는 신체를 헤매고 다니며, 항상 욕망하는 기계를 따라, 그것이 취하는 생산되는 것의 부분에 의해 정의되고, 하나의 되기 혹은 화신(化身)의 보상을 도처에 모으면서, 그것이 소비되는 상태에서 태어나고, 각각의 새로운 상태로 거듭난다."(*Anti-Oedipus* 16) 만약 기관 없는 신체를 욕망하는 기계의 회로에 의해 격자화된 표면으로 볼 수 있다면, 노마드적인 주체는 표면에 새겨진 여러 군데의 통로를 여기저기 번뜩이며 지나다니는 하나의 편력 지점의 부수적인 기계이다. 노마드적인 주체는 제3의 복합기계인 '독신기계'(celibate machine), 즉 "욕망하는 기계와 새로운 인류 또는 영광스러운 유기체를 탄생시키는 기관 없는 신체 사이의 새로운 결연관계를 형성하면서 창조된다."(*Anti-Oedipus* 17) 독신기계가 생산하는 것은 "순수한 상태의 강

특이성에 의해 생산될 경우 (……) 그것은 국민적, 정치적, 사회적 공동체의 하나의 기능으로 발생한 것이다."(*Kafka* 83−84) 실제로 민중을 기대하면서 작업하는 작가의 상황은 흔하게 일어난다. "현실태적 독신자와 잠재태적 공동사회−양자 모두 실재적이며− 집단적인 배치의 부분들이다."(*Kafka* 84) 언표는 언표행위의 집단적 조건을 앞서 가는 '독신'에 의해 그것이 '선택될' 때 비로소 문학적이다. 그러나 이것이 '도래할 민중'이 동일함을 증명할 수 있는 말의 주체로서 기능한다는 것을 의미하는 것은 아니다.

엘리자베스 보아(Elizabeth Boa)는 들뢰즈와 가타리가 "욕망에 대해 독신자−영웅에 만족하여, 성차별주의자를 찬양하는 자본가 사회의 역사적−장에 영향을 미치는 비역사적인 힘으로 남겨 두고 있다."(28)고 주장한다. 욕망의 예증적 실천가인 '독신자'에 대한 비평에서 들뢰즈와 가타리는 카프카의 『일기』(1910, 22−29)에서 '융게슬레'(Junggeselle)에 대한 이야기의 초안을 활용한다. 들뢰즈와 가타리는 탈영토화된 욕망의 잠재적인 차원이 실재에 내재적이고, 그 욕망이 그들이 그 용어에 부여한 전문적인 의미의 독신자이라고 주장할 뿐이다.(*Deleuze on Literature* 200) 독신−기계는 기관 없는 신체를 가로지르는 욕망의 '소비자'이다.

그러므로 세계에서 펼쳐 나가는 구체적인 실체로서 존재하는 현실태적인 작가는, 언어를 사용하며, 권력관계를 알리는 이질적인 관습, 제도, 실체들의 집단적 언표행위의 배치, 기계적 배치, 담론적, 비담론적 양식을 거쳐서 기능한다. 연속적인 변이선들, 잠재적

렬한 양, 거의 견딜 수 없을 때까지의−독신의 비참함과 극도의 지점까지 견디어 낸 영광, 마치 죽음과 삶 사이에 매달려 있는 울음에 가까운, 강렬한 이주(移住)의 느낌, 모양과 형식이 벗겨진 순수한 날것의 강렬한 감정"(*Anti−Oedipus* 18)이다.

인 변수들, 즉 음향적, 형태소적, 문법적, 통사적, 의미적 연속체는 언어 안에 내재되어 있다. 그것은 특정한 언표행위 안에서 현실화된다. 언어의 연속적인 변이체의 모든 잠재적인 선들은 연속적인 변이선들과 함께 기계적 배치의 비담론적인 경로에 내재해 있으면서, 추상기계를 형성한다. 그것은 순수한 기능－질료 벡터이자, 기호적, 물리적으로 조직되지 않는 경로이다.

언어의 소수적인 사용에서, 현재적인 작가는 연속적인 변이의 잠재적인 선을 수행하며, 언어 자체를 더듬거리게 하여 주어진 실제 예에서 활성화되는 연속적인 변이의 특정한 선들의 궤적을 따르는 변용과정의 절차에 들어가게 한다. 그러한 변용과정의 잠재적인 선들은 '도래할 민중'이고, 새로운 변성(變性)의 집단적 언표행위의 배치로서 현재적인 작가와 함께 기능하는 잠재적인 집합체이다. 각 작가들은 언어를 더듬거리게 하여, 자신만의 "독창적인 고독한 글쓰기를 발견한다."(*Kafka* 25) 그러나 그것은 언표행위의 집단적 배치에 대한 실험을 통해서 이루어진다.

2. 추상기계와 디아그램

『카프카: 소수문학을 위하여』의 많은 부분에서, 들뢰즈와 가타리는 '추상기계'라는 용어가 "너무나 초월적이고, 아주 고립되고 구상화된, 하지만 여전히 너무나 추상적인"(*Kafka* 39－40) 것으로 표현한다. 그러나 마지막 장에서 그들은 다른 방식으로 이해할 것을 제안한다.

추상기계는 바로 무제한의 내재성의 장의 측면으로부터 지나가고, 욕망
의 움직임이나 과정 안에서 섞인다. 구체적 배치들은, 추상기계로부터 초
월적인 가식을 박탈하면서, 더 이상 그것에 실재적인 존재를 부여하지 않
는 것이다. 오히려 그 반대이다. 추상기계는 자체의 분절들을 원상태로
되돌리면서, 탈영토화의 지점으로 밀어붙이고, 탈주선을 따르면서, 내재
성의 장을 채우고, 배치들이 드러나는 힘에 따라서 존재 양식과 그것들의
리얼리티를 측정하는 것이다. 추상기계는 무제한의 사회적 장이고, 욕망
의 신체이며, 끊임없이 계속되는 카프카의 책이다. 책에서 강밀도가 생산
되고, 그곳에 모든 연결망과 다의성이 새겨진다.

It is the abstract machine that passes from the side of the unlimited field
of immanence and mingles now with it in the process or the movement of
desire; the concrete assemblages are no longer that which gives a real
existence to the abstract machine, in depriving it of its transcendent
pretense, it is rather the reverse, it is the abstract machine that measures
the mode of existence and reality of the assemblages according to the
capacity they demonstrate in undoing their own segments, in pushing their
points of deterritorialization, in following the line of flight, in filling up
the field of immanence. The abstract machine is the unlimited social field,
but it is also the body of desire, it is also Kafka's continuous oeuvre, on
which intensities are produced and where all the connections and polyvocities
are inscribed(*Kafka* 86 − 87).

추상기계는 특정 기계나 과정 혹은 기계들의 배치를 구성하는 내
재적인 관계들이다. 들뢰즈와 가타리의 언어적 접근은 단순히 다수
와 소수 또는 집단 대 개인처럼 대립되는 것이 아니라 모든 언어
에 언표행위의 집단적 배치, 비담론적 기계적 배치 그리고 이러한
배치를 분배하고 연관 짓는 추상기계를 가정한다. "배치는 정념적
이며, 욕망의 편성이다. 욕망은 자연적으로 자발적으로 편성이 되

는 것이 아니라 배치의 합리성이나 효율성은 배치가 유도하는 정념 없이는, 또한 배치에 의해 구성되는 다양한 욕망들 없이는 구성될 수 없다."(*Plateaus* 399) 여기서 정념이란 배치에 따라 달라지는 욕망의 효과화로 "이러한 모든 기획에 공통적으로 가지는 것은 상수들의 공시적인 집합으로서의 언어의 추상기계를 세우는 것이다."(*Plateaus* 90)

추상기계는 배치물 전체와 관련되어 있다. 한 언어의 연속적인 변이체의 모든 선은 '추상기계'의 부분을 이룬다. 그것은 세계의 실체를 형성하는 비담론적 행동 양식의 변화 가능한 궤도를 보완하는 부분으로 포함한다. 주어진 사회질서의 규칙적인 관습은 변이를 조절하고 제한하지만, 연속적인 변이선은 배치 내에서 내재적으로 남아서 규칙을 불안정하게 하는 비표준적 현실화를 가능케 한다. 예를 들면, 프라하의 유태어 안에서 생산되는 독일어의 변형은 연속체 변이선을 따르는 많은 점들의 현실화의 한 형태이다. 이런 변용과정의 잠재적인 선들은 '도래할 민중'이고, 새로운 변용과정을 통한 집단적 언표행위의 배치들의 집합체이다. 기의나 지시체를 고려하는 것으로는 충분치 않다. 내용은 모든 배치물의 변수에 불과하다. 이러한 언표행위의 우위와 추상기계 개념은 소수문학의 문학기제로 사용된다.

배치는 선분적이고 여러 인접한 선분 위로 자신을 확장하거나 배치를 이루는 선분들로 분할된다. 그것은 유연한 것일 수도 경직된 것일 수도 있다. 몰적인 선 또는 경직된 절편성(hard segmentarity)의 선이 있다. 광범위한 사회적 범주를 부가하는 코드에 의해서 규정되는 인습적 궤도, 고정된 정체성과 명확히 분절되는 통로들로 조직된다. 들뢰즈와 가타리는 제2의 선, 탈영토화의 양자(陽子)와 같은 "분자적인 선, 혹은 유연한 절편화 작용의 선(line of molecular or supple segmentation)을 발견한다."(*Plateaus* 196) 이 선 위에서 현재 는 이미 발생한 어떤 형태로 정의된다. 왜냐하면, 이러한 "어떠한 것에 대한 붙잡을 수 없는 질료는, 지각의 정상적인 문턱을 초과하 는 속도로 완전히 분자화되었기 때문이다."(*Plateaus* 196) 그러나 세 번째 선도 있다. 이는 탈주선(line of flight)이다. 돌연변이(mutation)와 잠재적인 변형의 추상선이다. 이 추상선이 추상기계를 이룬다.

화용론과 집단적 언표행위의 배치물을 결부시키면 자연히 우리 는 '초문장'(hyperphrases)이나 비물체적 변형인 '추상적인 대상물 들'을 결부시키지 않을 수 없다. 여기에서 우리는 촘스키의 수목적 모델이 가지는 요소들 간의 고정된 선형적인 질서에 의존하지 않 는 하나의 면, 즉 초선형성을 가지는 리좀적 모델을 생각하게 된 다. 이와 같이 추상기계의 심층에는 언어와 사회 그리고 정치적 문제들이 서로 침투된다. 다수문학의 수목적 모델의 계층적인 이론 과 비교하여 리좀적 모델은 사회적 장의 모든 부분을 수용 가능한 모델이 된다.

리좀적 모델에서는 모든 변형과 가변성이 수용되어 그 내용과 표현의 변수들은 구분되지 않으며 상대적 탈영토화를 거쳐 절대적 인 탈영토화의 문턱에 이르게 된다. 들뢰즈와 가타리는 소수문학의 작가들의 언표행위의 집단적인 배치를 통한 실재의 실험화와 언어 적 탈영토화가 그들의 창조적 실천을 유도한다. 소수 작가는 현재 의 사회적 형상이 문제적이며, 받아들일 수 없다는 것이고, 그 대 안이 될 전체성은 여전히 존재하지 않는다는 것이다. 그들의 리좀적 모델은 도피와 변형의 다중적 통로들의 가능성을 전제하는 것으로 보인다. 그러므로 문학은 이러한 역할과 집단적인, 심지어 혁명적인 언표행위의 기능을 수용해야 하며, "잠재적 가능성의 공동사회를 표현하는 위치에, 그리고 또 다른 의식과 또 다른 감수성의 수단을 개진해 나가는 위치에 두게 된다."(*Kafka* 17) 그렇게 함으로써 사회의 능동적인 연대감을 생산하는 것이 문학의 역할이다.

한 언어의 "변화나 창조의 선들은 전적으로 또 직접적으로 추상기계의 부분들이다."(*Plateaus* 125) 예를 들어, 카프카는 그의 작품들에서 "가족 내에서의 아버지의 심판, 약혼을 둘러싼 호텔에서의 심판, 법정에서의 심판을 통해 변이선을 찾아낸다."(*Plateaus* 120) 카프카의 각 작품의 각각의 상황 속에서 사용하는 '맹세합니다.'는 "'I swear!'의 연속체(continuum)를 구성한다."(*Plateaus* 125) 그것들은 기호체제들을 통해 기능하는 명령어이며 다양한 언어적 표현들의 연속체이다. 작가들의 역할은 잠재적인 변이선들을 실험하고 확장하는 것이다. 추상기계는 "도래할 실재, 새로운 유형의 실재를 구성한다. 그러므로 그것은 역사의 바깥에 존재하는 것이 아니라 창조의 또는 잠재성의 점들을 구성하는 매 순간, 역사의 '첨단'에 존재하는 것이다."(*Plateaus* 177) 작가들은 '도래할 실재'를 현실화함으로써 추상기계를 창조한다.

추상기계는 내재성의 정합면의 익명의 힘들과 미형성 질료 즉 입자들의 엑세이테와 힘(force)의 디아그램들로 구성되어 있다. 이 수준에는 "더 이상 내용과 표현 사이에 부과할 만한 구분이란 존재하지 않는다. (……) 니체의, 프루스트의, 카프카의 양생법은 글쓰기이다. 그들은 글쓰기를 그렇게 이해한다. 먹는 것－말하는 것,

글 쓰는 것―사랑하는 것, 당신은 결코 하나의 흐름을 그 자체만
으로 포착할 수는 없을 것이다."(*Dialogues* 145) 정합면을 생산하는
추상기계는 내재적이다. 다양한 성층들이 그들의 상대적 탈영토화
와 재영토화의 정도에 의해 정의되는 한, 정합면은 절대적인 탈영
토화의 면이다. 모든 실험, 창조, 생성의 추상적이고, 내재적이고,
잠재적인 변이선들이 출현하는 것은 바로 이 면 위에서이다. 작가
들은 이 면에서 모든 창조와 실험을 시도한다.

'순수한 질료'인 추상기계의 추상적인 특징을 '디아그램'이라고
부른다. 들뢰즈는 "디아그램은 일종의 카오스이자 대혼돈이다. 하
지만 그것은 또한 질서 또는 리듬의 씨앗이다."(*Logic of Sensation*
67)라고 말한다. 들뢰즈는 초상화나 인간의 형태에 관련된 그림을
그리는 프란시스 베이컨(Francis Bacon)을 해석한다. 베이컨은 재현
의 형태에 머무르면서, 동시에 인간 주체의 탈영토화를 그린다. 그
리하여 "머릿속으로 사하라 사막을 집어넣고, 머리를 하나의 대양
을 지닌 두 부분으로 쪼갠다."(*Logic of Sensation* 65) 이미지는 디아
그램 이상과 이하를 동시에 나타낸다. 이미지는 디아그램이 그의
표상 내에 보존하지 못하는 다양한 측면들을 재생해 낸다. 반면
디아그램은 이미지보다 훨씬 더 정확하고 효과적으로 한 체계의
기능적 분절을 모은다. 추상기계의 기능은 이러한 종류의 디아그램
'그것이 가정하는 내용/표현의' 특징들만 가지는 하나의 기능이다.
추상기계의 내용과 표현은 "강밀도, 저항, 전도성, 연성, 빠름 또는
느림의 정도만을 제시하는 하나의 내용―질료와 오직 수학적 또는
음악적 기표(notation)처럼 '텐서'만을 나타내는 하나의 표현―기능
에 복종한다."(*Plateaus* 176―77)

들뢰즈는 『프란시스 베이컨: 감각의 논리』(Franscis Bacon: the Logic of Sensation)에서 베이컨의 재현적 이미지에 기초한(예를 들어, 새나 얼굴 또는 침대와 같은) 구성물을 관찰한다. 그러나 베이컨은 채색의 과정에서, 의도적으로 비이성적이고, 촉감적인 얼룩, 스펀지로 밀기, 돌발적인 붓질을 이미지로 창출하거나 표현한다. 이 얼룩을 디아그램이라고 부른다. 재현적 이미지의 카오스적인 교란 속에서, 그는 얼룩이 나타나기 전에 그가 예상하지도 못했던 돌연변이적인 형태를 발전시키고 이미지의 변용과정을 거치기 위해 여러 방향의 징후들을 찾는다. 베이컨의 디아그램은 대혼란의 궤적이며, 일반적인 구분과 정상적인 재현이 붕괴되는 지점이다. 디아그램으로부터 구성물이 나오게 되며, 그 윤곽은 새로운 요소나 사건의 상황에 대한 경향이나 방향 또는 움직임 속의 디아그램에 의해 제시된다.

디아그램은 신디사이저이다. 일종의 인습적인 재현을 갈아엎는 기계와 같다. 인습에서의 탈주가 카오스라고 생각해서는 안 된다. 들뢰즈와 가타리가 말하는 탈주는 이전의 상태에 대한 하나의 차이를 만드는 노마디즘이며, 그것은 무한한 가능성의 사회적 장을 끌어들일 수 있는 사유이다. 이러한 사유에 대해 정형철은 "사유의 이미지로부터 해방된 사유, 즉 사유의 이미지가 아닌 이미지 없는 사유(thought without image)로 노마디즘의 극한, 절대적인 탈영토화"(『들뢰즈와 가타리』 94)라고 주장한다. 들뢰즈는 아르토가 "이미지 없는 사유의 무서운 현현"(*What Is Philosophy?* 147)을 추구한다고 말했는데, 결국 이러한 이미지 없는 사유의 미적 체험 영역이 소수문학 작품이 추구하는 것이다. 하지만 들뢰즈의 베이컨의 분석에 대해 이광래는 『유목하는 철학자들』에서 다음과 같이 비판한다.

근대주의적인 에토스를 무비판적으로 동화시켰음을 시사하고, 그들의 입
장은 미래파 그림 그리기와 이론적이고 윤리적인 동치이다. (……) 항구
적으로 새로운 주체성이 필요하지 않다. (……) 유목적 욕망이 새로운 형
식의 사회조직과 어떻게 양립이 가능한지는 명세화되지 않았으며, 들뢰
즈 가타리는 어떠한 사회적 코드들을 그들이 합당한 것으로 받아들일 것
인가는 진술하지도 않는다. 하지만 가능한 반응은 정상화하지 않은 규범
들과 자기 구성적이거나 지엽적인 공동체의 네트워크 안에서 민주적으로
정의된 규제적 코드들에 관한 이론을 개괄해 보는 것에 지나지 않는다
(215).

위에서 논의된 것처럼, 유목적 욕망이 사회조직과 어떤 방식으
로 양립 가능한지에 대해서는 들뢰즈와 가타리의 논의에서는 불투
명하게 제시되어 있다. 하지만 소수문학은 완성을 추구하지 않는
다. 단지 시작점과 종착점의 차이를 만드는 과정에 있다. 그것이
소수문학의 유목적 사유일 것이다. 이와 같이 카프카의 작품에서의
음향적 효과들은 의미를 유예시키고, 축어적이고, 비유적인 언어의
명칭들은 탈영토화된다. 이전에 '인간'과 '곤충'으로 지정되었던 것
을 통과해서 지나가는 탈주선을 따라서, 곤충-되기를 하는 경우
에, 탈기표화한 소리는 디아그램, 즉 창작물을 만드는 국지적인 파
국으로 기여한다. 『변신』에서, 그레고르 자신에게서, 우리는 베이
컨 같은 형상, 즉 형태 간의 변용 과정의 통로의 힘을 사로잡는
자기 기형의 형태, 즉 인간도 아니고 곤충도 아닌 인간-곤충의
지각 불가능 지대가 나타난다.

들뢰즈와 가타리의 소리와 그 재현의 혼돈이 언어적 디아그램의 역
설적 본질을 더욱 부각시킨다. 그 속에서 의미가 유예되고, 타자-되
기의 경로와 발화행위의 연속체는 순수한 강밀도의 회로 속에서
단어와 사물을 섞는다. 디아그램은 언어 속에 내재해 있는 연속적

인 변이선과 강밀도의 벡터로만 구성된 잠재적인 차원을 개방한다. 그것은 추상기계의 차원이고 이는 "물체를 통해서가 아니라 질료를 통해서, 형태를 통해서가 아니라 기능을 통해서 작동한다. 물체와 형태는 '표현'의 것이거나 혹은 '내용'의 것이다. 그러나 그 기능은 아직 '기호학적으로' 형성되는 것은 아니다. 그리고 질료 역시 '물리적으로' 형성되는 것이 아니다. 추상기계는 순전히 기능─질료이다. 이것은 분배될 표현과 내용, 형태와 실체로부터 독립적인 디아그램이다."(*Plateaus* 141) 합성과정에서, 의미의 탈영토화는 그들이 지정한 사물들로부터 소리들을 분리시키고, 언어적 혹은 물리적으로 형성되는 것이 아닌 내재적인 기능─질료를 개방한다. 글쓰기가 진행되면서, 이러한 비형태적인 기능─질료의 궤도는 분리 가능한 요소로 표현과 내용을 분배하고, 그 관계의 새로운 배치, 즉 진정한 창작으로의 완전한 구성물을 가능하게 한다. 그들은 종종 더듬거리기를 재현한다. 그러한 질료─흐름을 가지고 소수문학에서는 의미작용을 파괴하고, 더듬거리기에서 문장 뒤에 숨어 있는 것을 끌어낸다. 그리고 집단적인 배치를 통해 그것이 현실의 잠재적 이중체가 되게 하여 추상기계의 작동을 유도하고 그것이 실재에 대한 하나의 가능성이 되고, 실험적 문학이 되게 한다.

3. 표현과 기호의 해석

　들뢰즈는 『스피노자와 표현의 문제』(*Expressionism in Philosophy: Spiniza*)

에서 독특하게도, 스피노자 철학 자체 안에서도 주목받지 못하던 '표현' 개념을 통해 스피노자의 철학을 해명하고자 했다. 이 개념을 그의 저작을 통해 여러 가지 맥락에 응용하면서 독창적인 논의를 이끌어 내는 데 성공한다. 들뢰즈는 스토아학파에서 이성의 이미지, 변증법적인 모델과 다른 표면효과 개념을 자신의 문학 비평에 도입한다. 제임스 윌리엄즈(Williams, James)는 "들뢰즈 미학의 중심적인 개념은 표현이다"(516)라고 분석한다. 들뢰즈는 일부 신플라톤 철학자들이 "일자 속에 복수성을 봉하고 다수성의 일자를 긍정하는 복합(complication; complicatio)이라는 용어로, 세계의 시원의 상태를 명시한 점"(*Proust and Signs* 44)을 주목했으며, 또한 라이프니츠의 모나돌로지를 수용한다. 모나드의 세부사항들은 일자성 즉 단순한 것 안에 다수성을 내포해야 한다. 다수성 즉 복수성에서 어떤 측면은 변하고, 어떤 측면은 머문다. 그래서 단순 실체는 부분을 가지지 않음에도 다수의 변양태와 관계를 가진다. '태(態)'라는 말은 어떤 존재가 하나의 존재이면서 여러 가지 존재방식으로 나타나는 것을 말한다.

들뢰즈 철학에서 '복합'은 두 가지 의미이다. 첫째, 이 개념은 표현 개념과 상관관계에 있는 개념이다. 중세와 르네상스시대의 기독교적, 유대교적 신플라톤주의의 표현주의적 사유를 일컫는다. (*Expressionism in Philosophy* 104) 『스피노자와 표현의 문제』에서 들뢰즈는 스피노자의 표현 개념의 배경을 논의하면서 이 개념을 다룬다. 신플라톤주의에서 함축(implication), 펼침(explication), 감쌈(enveloppement)은 대립되는 개념이 아니라 그 자체가 '복합'이라는 종합적 원리에 속한다. 신플라톤주의에서는 복합은 일자 속에서 다자의 현존, 다자 속에서의 일자의 현존을 가리킨다. 신은 곧 복합된 자연이다. 자연은 신을 펼치고, 감싸고, 전개한다. 신은 모든 사물을 '복합'하고 있지만, 모든 사물은 신을 펼치고 또 감싸고 있다. 이런 상반된 운동을 하는 개념들의 접합이 문학의 표현을 구성한다.(12) 『프루스트와 기호들』에서는 이 개념이 두 가지 의미로 사용된다. 1부는 기호의 방출과 해석을, 2부는 통일된 유기적 전체를 이루지 않는 부분적 대상, 조각들 혹은 파편적 글쓰기에 관한 것이다. 1부는 해석하는 활동을 통해 통과 같은 기호 안에 들어 있는 내용물을 펼쳐 내는 것이라면, 2부는 '복합'의 형태로 불균형하고, 서로 소통되지 않는 부분들과의 공존 문제를 다룬다.

들뢰즈의 표현에 대한 논의는 소수문학에서의 '표현'의 문학적 가치에 접근한다. 표현은 상반되는 두 측면인 펼침과 접힘으로 이루어진다. 펼침은 접힘의 반대가 아니다. 펼침은 또 다른 접힘에까지 접힘을 따라간다. 들뢰즈가 스피노자로부터 가져온 "표현은 상반되는 두 측면으로 이루어진다. '펼치다'(Ex—pli—quer: 접힌 것을 펼쳐 내다.) 이는 곧 '전개하다'(développer)이다. '감싸다'(혹은 감아 들이다: envelopper), 이는 '함축하다'(im—pli—quer: 접어들이다)이다. 이 두 항은 서로 모순되는 것이 아니라 표현의 양 측면을 이룬다."(*Expressionism in Philosophy* 12) 이러한 상반된 운동이 하나의 종합적인 원리를 이루는 것이 표현이다. 이렇게 서로 반대 방향으로 움직이는 표현의 운동은 기호와 그 기호로부터 펼쳐지거나 안으로 접혀 들어가는 의미의 관계를 설명하기 위해 응용된다.

스피노자에게 있어서 설명은 사물 외재적인 지성의 작용이 아니라 지성 내재적인 사물의 작용을 일컫는다.(*Proust and Signs* 21) 스피노자에게서 지성이란 외재적인 것이 아니라 자연의 양태일 뿐이고, 따라서 지성의 소산인 지식 자체도 자연 안에서 이루어지는 표현의 소산일 뿐이다.(스피노자 30) 지성의 활동인 표현은 곧 자연의 활동인 펼침이다. 표현 개념은 존재론적일 뿐 아니라 인식론적이다.(*Expressionism in Philosophy* 10) 이와 같이 지성의 설명과 자연의 전개를 동일시하는 것은, 오로지 사물에 대한 인식이 신(자연)의 인식과 관계를 맺는 관계는 사물들 자체가 신과 맺는 관계와 동일하다는 스피노자적 사유를 배경으로 해서만 이해할 수 있다. 예를 들어 프루스트의 마들렌은 인식론적으로는 마들렌 안에 들어 있는 의미(과거의 콩브레)이고, 존재론적으로는 물질적 기호(마들렌) 안에 들어 있는 의미(과거의 콩브레)가 펼쳐지는 활동인 것이다.

보그는 『들뢰즈와 가타리』의 에필로그에서, "창조적인 정치학, 영화의 클로즈업의 본성, 노마드들이 야금술이나 도시들에 대해 가지는 관계, 자본주의 내에서 자본이 가지는 두 가지 본질, 사디즘과 마조히즘의 대립, 구조주의를 이해하는 데에 미적분이 가지는 중요성 등을 밝히면서 그들의 저작이 강렬함과 생생함을 가지고 있으며, 바로크적인 유머를 지니고 있다"고 평하였다.(162) 물결과 흐름으로 넘실대는 물질의 바닥으로부터 사유와 자유를 품은 정신의 꼭짓점으로 솟아오르는 것이 바로크의 고유 이미지이다. 들뢰즈는 라이프니츠를 받아들임으로써 주름에 감싸인 무한한 본질과 개체의 표현적 특질을 밝힌다.

들뢰즈는 현대문학의 철학적 기저를 라이프니츠에 두고 있다.(*Essays* xxv) 데카르트의 기계론과 원자론에서는 운동의 원인이 모든 실체의 외부에 있는 것으로 보았지만, 라이프니츠의 원자론(모나돌로지)에서는 그 움직임은 무규정적이고, 맹목적인 운동이다(데모크리토스는 이러한 운동을 'automation'이라고 한다). 그에게 모든 실체는 생명체들이다. 활동성을 가지지 않는 것은 실체가 아니다. 심지어 바위나 루비콘 강과 같은 것도 활동성이 영으로 수렴하는 생명체 즉 생명체의 무한소로 본다. 라이프니츠의 모나드는 일자성 즉 단순한 것 안에 다수성을 내포한다. 내포한다는 것이 복수성 또는 주름이다. 이 복수성의 어떤 측면은 변하고 또 어떤 측면은 변하지 않는다. 모든 자연적인 변화는 점차적으로 이루어진다. 이러한 연속적 변화를 주목한 점은 근대철학의 중요한 성과이다. 모나드는 단순 실체이므로 부분을 가지지는 않고 변양태들과 관계들을 가진다. 이러한 것들이 속성이고 지각들이다. 라이프니츠의 모나드는 개념적 존재이고 개념의 차이에 따라 모나드는 달라진다. 그래서 모든 차이는 개념의 차이이다. 라이프니츠를 받아들인 들뢰즈는 변화하는 존재의 빈위들이 곧 모나드의 내적 복수성이라고 주장하고 이것을 '주름'으로 표현하였다. 들뢰즈는 이러한 라이프니츠의 모나돌로지를 받아들임으로써 개체의 차이와 다양성에 대한 이론을 펼칠 수 있게 된다.

들뢰즈는 『주름』(*Fold*)에서 "영혼은 자신 안에 세계를 접고 있으며, 영혼은 나름의 방식으로 그 세계를 펼쳐 낸다"(*Fold* 26)고 주장하면서, 라이프니츠의 표현의 접힘과 펼쳐짐이란 개념을 다룬다. "접힘(folding)－펼침(unfolding)은 단순히 당겨짐－늦추어짐, 수축－팽창을 의미하는 것이 아니라 감쌈(enveloping)－전개(developing), 말아 넣어짐(involution)－풀려나옴(evolution)이다."(*Fold* 8) 접힘과 펼쳐짐은 서로 반대되는 개별적인 양상이 아니라 뫼비우스의 띠와 같은 "표현의 두 양상"(*Fold* 7－8)으로 정의된다. 주름 개념은 차원의 변화라기보다는 변용과정(metamorphosis), 즉 도식의 변화(metaschematism)이다. 모든 동물은 이중적이다. 애벌레에 갇혔다 펼쳐지는 나비와 같이 이질적(heterogeneous)이고, 완전 변태하는(heteromorphic) 이형적인 성격을 가진다. 표현은 상반되는 두 측면을 이룬다. "펼침은 접힘의 반대가 아니다. 펼침은 또 다른 접힘에까지 접힘을 따라간다. (……) 점은 선의 한 부분이 아니라 '선의 단순한 극한'이다. 연속체의 미로는 독립적인 점들로 해소되는 선이 아니어서 낱알로 유체를 이루는 모래와 같은 것이 아니라, 무한하게 주름으로 분할되는, 즉 곡선의 운동들로 분해되는 천이나 종잇장과 같은 것이다."(*Fold* 6) 그리고 두 무한을 따라 물질의 겹 주름과 영혼 안의 주름들을 분화시킨다. 우리가 흔히 복잡한 미로를 말할 때 'multiple'이라는 단어는 어원상 많은 주름(pli)을 말한다.

접힘과 펼쳐짐, 즉 표현 개념은 씨앗과 거울이라는 비유를 통해 잘 설명된다. "표현주의 철학은 두 개의 전통적인 비유를 들여오는데, 그것들은 하나의 이미지를 반영하는 거울과 나무를 전체로서 표현하는 씨앗이다."(*Experssionism in Philosophy* 80) 그리고 표현자인 실체, 표현되는 것인 본질, 표현인 속성이라는 삼분법하에 "본질은 속성들에서 반영되고 다중화되는데, 속성들은 각각 자신의 유에 따라 실체의 본질을 표현하는 거울이며 다른 한편으로, 하나의 씨앗에 들어 있는 나무처럼 표현되며 동시에 그것의 표현에 포함된다."(*Experssionism in Philosopy* 80) 그리하여 하나의 유기체가 죽을 때, 그것은 진정으로 "소멸해 버리는 것이 아니라, 모든 중간 단계들을 뛰어넘음으로써 다시 새롭게 동면하는 씨앗으로 말려들어 가면서 그 자신을 접는다. 그리고 그 동면이 끝난 후, 씨앗은 나무를 펼쳐 낸다."(*Fold* 8) 라이프니츠에 대한 들뢰즈의 사유는 앞서 언급된 시간 개념인 아이온과 사건에 대한 잠재태의 현실화 과정의 사유와 연계성을 가진다. 주체와 세계에 대한 관점 역시 그 차이의 펼침으로 분석될 것이다.

라이프니츠의 표현 개념은 들뢰즈에 의해 수용되고, 이것은 그의 프루스트의 표현에 관한 분석과 연결된다. 들뢰즈는 프루스트에게서의 창의적 관점은 "배아 결정체"(seed crystal)(*Proust and Signs* 102)와 같은 것이라고 말한다. 이것은 결정화의 한 조각(부분)으로, 그 용액이 결정의 핵이 가지는 본질에 따라 서로 다른 결정체를 형성할 수 있는 것을 말한다. 최초의 결정이 형성되면, 결정화가 시작되고, 개별화 과정을 통해 준안정적, 무정형의 매개체가 안정적인 결정체의 고형물로 변형한다.(*Deleuze on Literature* 48) 여기서 최초의 결정은 개별화된 하나의 관점을 생성하는 계기가 된다. 프루스트의 『잃어버린 시간을 찾아서』에서 작품이 가지는 통일성은 주제적 통일성이기도 하지만, 보그는 "형식"(*Deleuze on Literature* 44)을 통해 그 통일성을 드러내고 있다고 보았다. 프루스트에게서의 기호 해석은 접혀 있는 차이들을 전개하고 펼치는 것이다. 그리고 그 차이는 자율적(autonomous)이며, 독특한 관점을 가진다. 프루스트 독해에 나타나는 들뢰즈의 관점은 존재의 내재성에 중점을 두는 스피노자에 좀 더 접근한 것으로 보인다.

한편 들뢰즈는 프루스트가 예술적 기호를 통해 본질에 다다를 수 있다는 점을 주목하였고, 그 본질이란 세계를 향해 열려 있는 주체이며, 라이프니츠가 수용하는 세계는 주체 안에 있지만 주체는 세계를 향해 있다. 세계는 모나드 속에서 스스로 펼쳐지고, 설명하며, 그리고 세계는 각 모나드 안에서 펼쳐지고, 함축된다. 들뢰즈에 따르면 "프루스트는 라이프니츠주의자이다. 본질은 진정한 모나드들이다. 각 모나드는 그들이 세계를 표현하기 위해 출발점으로 삼는 각 관점에 의해 정의되며, 각 관점 자체는 모나드의 심장부에 있는 하나의 궁극적인 특질을 가리킨다. 들뢰즈에 따르면 프루스트의 본질 역시 어떤 세계를 드러낸다. 그리고 이 세계를 여는 예술가는 본질에 복종한다. 다시 말해 작가는 본질을 분화시키기보다는 본질에 의해 분화된다."(*Deleuze & Guattari* 39 재인용) 세계는 모나드 안에 있기 때문에 그 각각은 세계의 모든 계열을 포함한다. 모나드는 세계를 향해 있으며, 동시에 세계는 모나드 안에 있다. 주체가 세계를 향하도록, 세계를 주체 안에 놓아야 한다.

라이프니츠는 주관주의와 객관주의를 뫼비우스 띠처럼 하나로 묶어 냈다. 세계는 순환하는 이중의 구조 안에 있다. 니체 이후 세계의 사건은 뫼비우스 밖으로 터져 나온다. 라이프니츠는 "모든 사건은 모나드 내에 있고, 모나드 또는 영혼은 주름 잡힌 곡선의 내부, 구성된 내면에 위치하는 형이상학적인 점"(*Fold* 256)이라고 말한다. 그리하여 "영혼은 세계의 표현(즉, 현실태)이며, 세계는 영혼의 표현된 것"(*Fold* 26)이다. '영혼의 표현된 것'이란 현실태적 사건을 말한다. 그래서 들뢰즈와 가타리의 바로크적인 출발인 라이프니츠의 주름 개념은 표현이라는 이름을 빌려 재현에 무한성을 부여한다.

세계와 영혼의 주름은 바로 이러한 뒤틀림이다. "모든 내부적 세계보다도 더 심오한 안쪽이며 (……) 바깥은 고정된 경계가 아니라 연동운동에 의해 안을 구성하는 주름과 습곡들에 의해 자극받는 움직이는 물질이다. 안은 바깥과 다른 어떤 것이 아닌 정확히 바깥의 안쪽이다."(*Foucault* 103−04) 모나드는 서로 고립되어 있는 것이 아니라 연대하고 있다. 주어진 대상에 상응해 원리를 발명할 것이고, 그 원리에 맞게 대상이 변하고, 상관적으로 주체 또한 다른 것으로 변할 것이다. 사람들은 속성 아래에 실체를 발견하고자 했다. 라이프니츠는 모나돌로지가 노마돌로지로 변형됨을 예고하는 결론에 이를 때까지 원뿔이미지를 통해서 신체 경험의 유동성과 영혼의 고귀한 단일성이 조화가 된다는 점을 훌륭하게 보여 주었다. 모든 표현은 "질료의 단위, 미로의 가장 작은 요소가 접혀 있는데, 선의 한 부분이 아니라, 선의 단순한 극한이다. 펼침은 접힘의 반대가 아니다."(*Fold* 9) 들뢰즈는 라이프니츠로부터 언제나 중요한 것은 "접힘, 펼쳐짐, 다시 접힘"(*Fold* 137)이라고 말하고 있기 때문에, 스스로 접고 펼치는 주체를 "초월적인 것의 그림자에 불과한 환영으로서의 현존"(125)으로 본다.

하지만 라이프니츠는 '예정조화'(preestablished harmony)라는 초월적인 상징화로부터 결코 벗어나지 못한 것으로 비난을 받기도 한다. 그리고 들뢰즈는 『주름』의 마지막에서 "우리는 여전히 라이프니츠주의자로 남아 있다"(*Fold* 137)고 말하지만, 프루스트의 분석에서 들뢰즈가 밝힌 바에 의하면 라이프니츠주의자로 평가할 수 없다. 들뢰즈는 프루스트 독해에서 예술적 기호들을 통해 "하나의 차이, 궁극적이고, 절대적인 차이"(*Proust and Signs* 41)를 가지는 본질을 표현할 수 있다고 말한다. 그러므로 들뢰즈의 표현은 내재성의 개념을 긍정하는 스피노자 쪽이 더 가깝다. 들뢰즈의 중요 개념들 중 하나인 '내재성'은 초월적인 것에 반대하는 모든 것을 말한다. 물론 들뢰즈는 『차이와 반복』(Difference and Repetition)에서 존재란 그 자체로만 고려될 수 없고, 오로지 시뮬라크르에 대해서만 말해질 수 있다는 니체의 철학을 스피노자의 철학보다 높이 평가한다.(*Nietzche* 289−92)

그러므로 들뢰즈에게 차이란 초월적인 일자를 설정하는 차이 그리고 반복이 아니라 끝없는 반복과 영원회귀이므로, "사물로부터 모든 목적론적 의미화를 제거하는 것에 의한 사물 자체의 역동성"(*Expressionism in Philosophy* 233)이라고 말할 수 있는 잠재적 내재성의 개념으로 볼 때, 스피노자의 힘과 능력을 부여하면서 자연적인 존재들로 만드는 잠재적인 내재성의 사물 자체의 역동성을 받아들인 스피노자의 표현 개념에 들뢰즈는 더 가까이에 있는 것으로 보인다. 대존재와 사유 간에는 표현의 복잡한 관계가 있다. 하나가 다른 원인이 되는 것이 아니다. 들뢰즈는 이러한 표현 관계를 "유사성 없는 조화"(괄란디 102)라고 한다. 항상 더한 무언인가가 더하지 못한 무언가를 포함하는 비물질적 사건들 속에서 물질적인 것들을 변화시킨다.

라이프니츠의 기호 개념은 일자에 대한 인식을 가능하게 하는 것으로 간주되는 한편 스피노자의 기호 개념은 긍정적인 의미로 받아들여지지 못한다.(서동욱, 「들뢰즈의 마지막 스피노자주의」 243) 라이프니츠의 표현은 초월적인 것이다. 이러한 초월성은 존재의 내재성을 견지하는 스피노자와 대비된다. 윤준은 『스피노자: 표현의 문제』에서 들뢰즈가 라이프니츠와 스피노자에 대한 입장을 밝히는 부분에 대해 다음과 같이 인용한다.

인용 부분에 대해, 윤준은 들뢰즈가 스피노자주의적 입장이라는 관점과 같이한다. 한편 들뢰즈의 기호 해석에서 중요한 것은 그것이 어떻게 형성되는가 하는 발생의 관점이며, 이러한 관점으로 보았을 때, 상상 혹은 양태에 미치는 변용, 정합면이 공통개념을 형성하는 필수적인 준비단계이다. 서동욱은 『비평과 진단』에 나타난 기호개념에 대해 "「스피노자와 세 가지 에티카」(1993)에 와서 들뢰즈는 상상을 일으키는 것, 즉 변용을 일으키는 것을 기호라 명시하고 기호 해독을 공통개념의 형성과정과 동일시한다. 기호는 일의적인 표현과 대립하는 것이 아니며, 감성적인 것, 정서적인 것의 차원에서 표현을 미리 달성하는 것, 즉 정념적 표현(expression passionnelle)"이라고 주장한다.(「들뢰즈의 마지막 스피노자 주의」 244) 그것은 표현된 것으로의 대상이다. 이는 언어 내에 존속하면서 부수적인 존재이기는 하지만 진정한 존재는 아니다. 말은 의미를 표현하지만, 표현된 그것은 사물의 부수적인 사건이다. 의미 사건들의 이 표면은 "그들 차이의 분절"(*The Logic of Sense* 37)로서 기능한다.

차이의 분절로 기능하는 표현들을 분석하기 위해 들뢰즈는 『잃어버린 시간을 찾아서』 분석에서, 부분들에서 시작한다.(*Deleuze on*

Literature 48) 전체에 초점을 맞추는 것이 아니라 부분들, 즉 "궁극적인 다양성을 보장하는 균열, 단절, 간격, 간헐성과 함께, 부조화, 불공가능성, 『잃어버린 시간을 찾아서』에서의 각 부분들의 조각남"(*Proust and Signs* 103)을 분석했다. 들뢰즈는, 프루스트에게서 기호는 수수께끼이며, 손쉬운 해독을 거부하는 상형문자라고 평한다. 기호는 드러내는 동시에 숨으며, 기호로서 기능하는 한, 기호들은 즉각적인 이해를 거부하고 간접적인 암호 해독 과정을 유도한다. 기호의 내용들은 스스로 접혀서, 감기며, 압축되고, 위장되어 있으며, 기호를 해석한다는 것은 그것을 펼쳐서, 설명하는 것이다.

이러한 표현 개념에 대해 분석하면서 들뢰즈는 프루스트 작품에서 드러나는 네 가지 종류의 기호를 제시한다. 첫째, 사교계의 기호들, 즉 사회적 관습, 정중한 대화, 적절한 형식, 에티켓, 관습, 예의 등의 기호들이다. 두 번째로, 그는 "연인들은 해독, 즉 해석되어야 할 세계를 함축하고, 감싸며, 감금하고 있다"(*Proust and Signs* 7)고 밝히면서 사랑의 기호들을 말한다. 이는 미지의 세계를 표현하는 연인들의 기호이다. 세 번째는 마치 마들렌이나 베니스의 고르지 않은 포석이나 게르망뜨 호텔에 있는 빳빳하게 접혀 있는 냅킨과 같은 감각적인 기호(sensual signs)이다. 이것은 잘 알려진 비자발적인 기억(involuntary memory)의 기호이다. 프루스트는 예술의 기호인, 네 번째 기호에 와서야 본질이 물성(物性)을 잃게 되고, 자율성을 띠면서, 자기 유지적인 것이 된다고 말한다. 비자발적인 기억의 기호들은 중요하지만 본질적인 목표로서가 아니라, 예술 기호의 입구로서 중요하다. 그 안에서 본질은 완전하고 적합한 형태로 드러난다고 주장한다.(*Deleuze on Literature* 42－45) 기호에 대한 프루스트 독해는 카프카와도 연결된다. 삶이 곧 예술(*Kafka* 75)이라고 외치는 카프카도 이와 같은 맥락에서 이해될 수 있다.

다시 말해, 기호로서의 어떤 사물(혹은 사람)이 담고 있는 의미는 그 사물 자체로 환원되지 않는다. 어떤 의미에서 기호(예컨대, 마들렌)가 담고 있는 의미(예컨대, 마들렌 속에 담긴 콩브레)는 기호와는 전혀 상관이 없는 것이다.(*Proust and Signs* 114) 그래서 두 계열은 서로 다른 '가능세계'를 형성한다. 이런 점으로 들뢰즈는 라이프니츠를 내재화하여 작품의 부분 간의 관계를 '상자'(boxes)와 '닫힌 용기'(closed vessels)로 특징짓는다. 첫째는 내용－용기(contents－container), 두 번째는 부분－전체(parts－whole)의 관계24)이다. 상자들은 용기(containers) 안에 내용이 들어 있는 용기들과 내용의 '불공가능성'의 형상들이며, 닫힌 관은 서로서로 근접함(vicinity) 속에 있는 비의사소통의 형상들이다. 불공가능성의 힘은 용기와 내용을 함께 모으고, 비의사소통의 힘은 근접함 속에 있는 용기들(vessels)을 연결한다. 그 두 가지의 힘은 시간의 힘이고, "비－공간적인 거리들의 체계이며, 우발적인 것 그 자체의, 내용 그 자체의 고유한 거리, 간격 없는 거리들이다."(*Proust and Signs* 115)

알베르틴의 '상자'에는 바알베크의 풍경이 담겨 있고, 동시에 바알베크의 풍경은 알베르틴을 담고 있다. 그러나 다시 "연상 작용의 연쇄는 그것을 파괴하는 힘과 관련하여 존재할 뿐이다."(*Proust and*

---

24) 전자는 '살짝 열린 통'(boîte entrouverte)으로 표현되며 후자는 '막힌 관'(vase clos)으로 표현된다. 전자는 기호(통)와 그 안에 담긴 해석되어야 할 내용물 간의 관계를 표현한다. 후자는 비의사소통의 형상이다. 들뢰즈가 말하는 전체는 부분들을 전체로 묶지 못하는 전체성이다. 그것은 부분들 전체의 통일체이기는 하지만 이것들을 통일하지 못하는 단일체이다.(『프루스트와 기호들』 176)

Signs 107) 왜냐하면 상자를 여는 자아인, 내레이터는 그가 펼치는 세계에 사로잡혀, 풍경 속에 놓이게 되고, 자아가 비워져 있는 것을 발견하기 때문이다. 마르셀이 알베르틴을 포함한 세계와 빼앗긴 것들 그리고 풍경을 펼칠 때, 그러한 들뢰즈는 "연상 작용의 파열에서부터 최상의, 비개인적인 관점이 발생한다"(*Proust and Signs* 107)는 점을 강조한다. 바알베크의 상자에는 장소의 신비가 담겨 있지만, 마르셀이 실재적인 도시에서 그런 내용을 계획할 때는, 불가피하게 그가 계획해야 하므로, 음절과 그 숨겨진 비밀 사이의 연결고리는 파괴된다. 이 경우, 내용과 용기 간에는 불공가능성(incommensurability)이 있다―"잃어버린 내용(lost content), 그것은 이전의 자아를 회복시키는 본질의 광휘 속에서 다시 얻게 되는 것이고, 비워진 내용(emptied content)은 자아의 죽음과 함께 오고, 분리된 내용(separated content)은, 우리를 불가피한 실망 속으로 내던진다."(*Proust and Signs* 108) 그래서 내용은 용기에 담긴다.

들뢰즈가 그린 두 번째 형상은 막힌 관(closed vessel: vase clos)이다. 막힌 관은 비의사소통적 형상이다. 그래서 그 용기는 서로 가까운 거리에 위치한다. 이는 화학의 증류기 혹은 봉인된 유리용기에 대한 불어 용어이다. 마르셀은 "메제글리즈(Méséglise) 쪽과 게르망뜨(Germantes)²⁵⁾ 쪽이 서로 멀리 떨어져서, 서로의 존재를 인식하지 못하고, 분리된 오후의 밀폐된 칸막이 속에 존재했다"라고 언

---

25) 두 산책길인 메제글리즈 쪽과 게르망뜨 쪽은 주인공이 평생 탐구하게 될 부르조아 계급과 귀족 계급의 두 방향을 나타낸다. 두 방향은 생루(게르망뜨 공작의 조카)와 질베르트(스완의 딸) 부부의 딸인 생루 양으로 합쳐지게 된다. 생루 양은 여러 갈래의 산책로가 보이는 숲속의 교차점 같은 존재이다. 여러 갈래의 길이 생루 양에게 귀착하고 그녀에게서 뻗어 나간다. 이 방향들 사이에는 여러 개의 횡단선이 그어져 있다.(「되찾은 시간」 Ⅲ 1029―30)(*Proust and Signs* 189)

급한다.(Proust 147) 「되찾은 시간」에서, 마르셀은 주어진 감각으로
부터 분리될 수 없는 복수적인 연상 작용에서 "가장 간단한 행동
이나 몸짓과 '천 가지의 막힌 관'(comme dans mille vases clos) 안
에 감금된 상태로 남아, 각각은 서로 완전히 다른 색깔, 향기, 온
도의 물질로 가득 차 있고, 게다가 그 용기들은 우리의 세월 전
영역에 걸쳐 배열되어, 그 세월 동안, 우리의 꿈이나 생각 속에 있
기만 한다면, 결코 변화하기를 중단하지 않으며, 가장 다양한 도덕
적 태도에 위치하고, 우리에게 특별한 여러 분위기의 감각을 제공
한다"(*Proust* 903)라고 보고 막힌 관은 "의사소통 없는 근접함(a
vicinity without communication)을 지니고, 한 부분의 대립을 기록
한다"(*Proust and Signs* 110)고 분석한다. 공통성 없음의 힘은 용기
와 내용을 결속하고, 비의사소통의 힘은 용기들을 근접하게 연결시
킨다. 그리고 그 두 가지의 힘은 시간의 힘이고, "이것은 비-공간
적인 거리의 체계이고, 이 거리는 우발성(contingency) 그 자체, 내
용 그 자체의 고유한 거리이며, 간극 없는 거리들(*distances without
intervals*)이다."(*Proust and Signs* 115) 이러한 두 가지의 개념에서 우
발성의 개념이 성립되고 새로운 생성의 순간이 창조된다.

우발성은 라이프니츠의 용법에 따른 것으로, 우발적인 것은 논
리적인 필연과 대비되는 '사건'의 차원을 말한다. '사과는 빨갛다'
에서 우발성의 층위는 사과를 빨갛게 해 주는 요소들과 그 요소들
이 일으키는 차이들이다. 라이프니츠와 들뢰즈의 맥락에서는 '질'
로 일컬어지며, 명제에서는 '술어'에 해당한다. 따라서 우발성의 층
위는 스토아학파에서 일컫는 '비물질적인 것'에 해당한다. 우발적
인 것은 실현(realization)과는 다른 층위에서 내재적인 질들의 다양

성을 포함한다. 그 다양성이 교환되는 지점이 '잠재태 - 현 형태 회로'이다. 잠재성은 발현될 수 있는 다양한 질적 차이를 내포하고 있으며, 현실성은 잠재태가 내포한 질이 나타남으로써 구현된다. (로도윅 493) 들뢰즈 철학의 핵심은 잠재태의 발현으로 생성되는 다양한 질적 구현을 설정한 부분이다. 잠재태에서 현실화의 과정을 통해 문학에서 무한한 가능성의 영역을 열어 두게 된 것이다.

연상 작용의 연쇄는 그것을 파열하는 힘과 관련하여 존재한다. (*Proust and Signs* 107) 파열하는 힘이 바로 차이를 일어나게 하는 순간을 만들며, 그 순수시간의 우발점은 그 순간 고유의 차이를 형성하게 한다. 그것이 순수사건을 형성한다. 상자들인 기호를 해석하는 것은 그것을 열어서 그 내용을 펼치는 것이지만, 막힌 관 (봉인된 용기)의 기호를 해석하는 것은 횡단선을 통해서 연결되는 용기들로부터 선택하는 것이고, 그 안에 들어 있는 자아와 함께, 닫혀 있는 용기인 "비 - 의사소통적인 부분인 닫힌 용기를 뽑고 고르는 것"(*Proust and Signs* 113)이다. 여기에서 비개인적인 선택과 순수한 해석 활동이 일어난다. 마치 "새벽에 심오한 잠으로부터, 우리는 기진맥진한 채로, 어떠한 생각도 갖지 않은 채, 내용이 비워져 있는 하나의 우리"(Proust 1014)로 나타나는 것처럼. 그러므로 "『잃어버린 시간을 찾아서』의 '주체'는 자아는 없지만, 스완, 내레이터, 찰루스를 분배하면서, 그들을 전체화함이 없이, 그들을 분배하고, 선택하는 내용 없는 우리"(*Proust and Signs* 114)로 다시 태어난다. 공통성 없음의 힘은 용기와 내용을 결속하고, 비의사소통의 힘은 용기들을 근접하게 연결시킨다.

상자들은 용기들과 내용의 공통성 없음의 형상들이다. 그리고 막힌 관은 비의사소통적 형상이지만, 그 용기는 서로 가까운 거리에 위치한다. 공통성 없음의 힘은 용기와 내용을 결속하고, 비의사소통의 힘은 용기들을 근접하게 연결시킨다. 그리고 그 두 가지의 힘은 시간의 힘이고, 비—공간적인 거리의 체계이며, 이 거리는 우발성 그 자체, 내용 그 자체의 고유한 거리이고 간극 없는 거리들이다. '잃어버린 시간'은 사람이 잊어버려, 한때 연관된 것들을 더 이상 결속시킬 수 없을 때처럼, 인접한 것 사이의 거리를 도입한다. '되찾은 시간'은 오랫동안 잃어버렸던 기억을 부활시키고, 그것을 현재에 소생시킬 때처럼, 멀리 있는 사물들을 서로 가까이 모이게 한다.

그러나 두 가지의 경우에 있어서, 연속적인 거리, 간극 없는 거리가 유지되고, 이것은 횡단선, 즉 차이를 확인케 하는 간격이 없는 통로인 것이다. 이때 시간은 간격이 없는 거리의 체계로서, 진정한 해석자이고, 위대한 횡단선이다. 들뢰즈는 "궁극적인 해석자이자, 궁극적인 해석행위인 시간은, 시간의 연속에서 하나의 전체를 형성하지 않는 것과 마찬가지로, 공간에서도 하나의 전체를 형성하지 않으면서, 여러 조각들을 동시에 용인하는 이상한 힘을 가진다. 시간은 정확하게 시간의 공간들을 포함한 모든 가능한 공간의 횡단성이다"(*Proust and Signs* 115)라고 강조한다. 이 횡단선은 전체화하거나 통일화하는 것이 아니다. 비계층적인 조직들을 추구하며, 다양한 미시적인 움직임들을 연결 짓는다.

들뢰즈와 가타리는 불공가능성 개념과 의사소통 없는 근접함을 횡단성으로 말한다. 이 횡단성이 표현과 기호의 해석이라는 문제와 관련된 소수문학의 미학적인 특징 중 하나이다. 횡단선은 막혀 있는 곳의 수로를 열어 준다. 잃어버린 시간은 사람이 잊어버려, 한 때 연관된 것들을 더 이상 결속시킬 수 없을 때처럼, 인접한 것 사이의 거리를 도입한다. 상자들인 기호를 해석하는 것은 그것을 열어서 그 내용을 펼치는 것이지만, 막힌 관(봉인된 용기)의 기호를 해석하는 것은 횡단선을 통해서 연결되는 용기들로부터 선택하는 것이고, 그 안에 들어 있는 자아와 함께, 닫혀 있는 용기인 "비-의사소통적인 부분인 닫힌 용기를 뽑고 고르는 것"(*Proust and Signs* 113)이다.

들뢰즈는 프루스트의 『잃어버린 시간을 찾아서』 분석을 통해 글쓰기-기계의 소수문학적 특성들을 더욱 강화한다. 우발성의 도입으로 사건의 차원을 끌어들이고, 비-공간적인 거리의 막힌 관의 형상들이 서로 연결되어 새로운 다양한 차원들이 연결되는 창조적 공간을 생성하게 된다. 그리하여 초월적인 이데아가 아닌 다양성을 수용하는 개념이 되고, 동시에 크로노스가 아닌 아이언의 시간을 강조하면서 잠재적인 것들을 현실화하는 실재를 긍정하는 폭넓은 사유를 가능하게 한다. 특히 횡단성은 단일한 동시에 전체적인 카오스모스의 우주관을 수용할 수 있는 열려 있는 사유가 되어 정치적으로도 비계층적 조직형식을 추구하는 다양한 미시적 투쟁들을 통해 정치적인 힘을 갖게 하는 이론이 된다. 그리하여 사회적으로도 동질화 형식으로 환원되지 않으면서 다수의 지배적인 문학이 아닌 소수의 자유로운 문학으로 텍스트의 영역을 광범위하게 확장하는 미학적 이론이 된다.

4. 실험적 소수 작가들

들뢰즈는 예술가와 철학자의 사회적 역할에 대한 논의에서 니체의 관점을 수용하여 "예술가와 철학자는 문명의사(physicians of civilization)"(*Negotiations* 142)라고 주장한다. '니체적 문명의사'는 기호의 해석자일 뿐만 아니라, 문화적 병원균을 즐겁게 박멸하고, 삶을 고양하고 증진시키면서 새로운 가치를 창안하는 예술가이다. 니체적 문명의사는 가치의 평가에 관여하게 되는데, 그것은 세계를 형성하는 힘과 그 관점에 대한 진단, 그리고 새로운 배치 내에서의 힘의 전개 양상을 진단하게 된다.

들뢰즈는 그의 초기작인 『니체와 철학』(*Nietzche and Philosophy*)에서 이런 관점의 '문화를 진단하는 의사'의 형상을 발전시켰고, 『매저키즘: 냉담과 잔혹의 해석』에서 사드(Sade)와 마조흐(Masoch), 『의미의 논리』에서 루이스 캐롤 그리고 외침 단어와 호흡 단어들을 잔혹극으로 전환하면서 분절화가 불가능한 열정 단어와 행동 단어들을 음절화하는 앙토냉 아르또(Antonin Artaud)를 "문명의 임상치료학자"(237)로 언급했다. 무엇보다도 니체적 문화 의사는 가치의 평가에 관여하게 되는데, 그것은 세계를 형성하는 힘과 그 관점에 대한 진단, 그리고 새로운 배치 내에서의 힘의 전개 양상을 진단하게 된다.

사드와 마조흐는 종종 성도착의 표본들로 간주되기도 하지만, 들뢰즈는 그 두 사람이 권력과 욕망의 사회적 구조에 비평을 가하는 하나의 형식과, 삶의 새로운 가능성을 열어 주게 하는 우주의 이중성을 만들어 내는 탁월한 징후 발견자로 본다. 들뢰즈는 그들이 만들어 내는 세계가 각각 그 깊이를 같은 표준으로 비교할 수도 없고, 사도－마조히즘(sado－masochism)이라는 허위적인 신드롬으로는 이해할 수도 없는 것이라고 주장한다. 사드의 세계는 이성의 착란, 아이러닉한 시위, 반복되는 기계적인 움직임의 세계인 한편, 마조흐의 세계는 가상의 판타지, 유머러스한 훈육, 얼어붙은 정지의 세계이다. 징후 발견자로서, 사드와 마조흐는 기호의 다른 집합들을 드러내고 비판하며, 예술가들로서, 그들은 성도착 요소들을 새로운 세계의 구성요소로 전환하게 된다.

한편 루이스 캐롤과 앙토냉 아르또 역시 사드와 마조흐처럼 정신분열증과 같은 혼란의 표본으로 다루어진다. 들뢰즈는 캐롤과 아르또를 각각 아주 다른 영역에 속하면서도, 통찰력을 가진 보기 드문 징후 발견자이자 지형학자로 본다. 캐롤의 난센스는 스토아학파의 비물질계 영역을 회상하게 하고, 표면과 사건의 세계를 드러낸다. 들뢰즈는 그들이 만들어 내는 순수한 난센스가 광범위한 의미의 장이 유발하는 발생적인 요소들이라고 본다.

루이스 캐럴의 『스나크 사냥』(*The Hunting of the Snark*)에서 '스나크'[26](Snark)라는 단어는 단순히 '상어'(shark)와 '뱀'(snake)의 혼성어로 보일지 모른다. 그러나 그 기능은 두 가지의 분기되는 요소들의 계열을 생산한다.

그들은 그것을 골무를 끼고서 조심스럽게 찾았다.

---

26) 스나크는 루이스 캐럴의 소설 『스나크 사냥』(*The Hunting of the Snark*)(1876)에 나오는 기묘한 동물이며 스나크 사냥은 늘 사냥이 벌어지는 그곳에 없으면서도 그곳에 존재하는 역설적인 사냥과 같은 것을 말한다.

그들은 포크와 희망을 가지고 그것을 추구했다.
그들은 철로 — 지분(주식)으로 삶을 위협했다.
그들은 미소와 비누로 그것을 유혹했다.

They sought it with thimbles, they sought it with care,
They pursued it with forks and hope;
They threatened its life with a railway — share;
They charmed it with smiles and soap.

스나크는 일련의 물체(골무, 포크, 비누)와 비물체(관심, 희망, 삶, 철로 — 놀이, 미소)를 잇는다. 단어들의 난센스(nonsense)는 두 계열의 의미에서 파생된 미분적(differential) 요소이다. 만약 이 두 계열이, 기하학적으로, 복수적인 점들로 구성된 분기된 선으로 인식된다면, '스나크'는 '우발점'(*The Logic of Sense* 56)이다. 겉으로 보기에, 두 개의 선은 동시에 있는 것처럼 보이지만, 주어진 순간에 결코 단 하나의 지점에 있지 않다. 우발점으로서의 스나크는 양(羊)이 지키는 가게에서 앨리스가 대면하는 사물과도 같다.(Carrol 175 — 76) 즉, 그곳은 결코 그녀가 바라다보는 곳이 아니며, 항상 선반 위에 있거나 그 아래에 있다. 그곳은 자신의 장소가 결핍된 비어 있는 공간이고, 결정적인 요소들이 발생하는 고정되지 않는 요소가 된다.

들뢰즈에 의하면, 우발점과 그것이 있는 두 개의 분기된 계열은 어떤 구조의 최소한의 구성요소가 되며, 의미의 영역이 무 — 의미의 우발점의 놀이를 통해서 생성되는 것처럼, 사건의 영역도 우발점의 놀이에서 비롯된다. 왜냐하면 결국 우발점이란 차이, 즉 어느 곳에도 스스로 고정되거나, 안정되거나, 단 하나의 정체성을 소유하지 않는, 분기되는 결정을 통해 그 자체와 구별되는 발생적인 자기 변별화, 미분화를 위한 형상이기 때문이다. 캐럴의 '재버워키'(Jabberwocky)27)의 무의미는 표면 유희의 무의미이며 용어들의 분기된 계열을 개방하는 혼성어(portmanteau words)28)의 무의미이다. 언어 안에서 우발점의 무의미는 의미를 낳으며 본래의 내재적 의미를 낳는다. 또 다른 예를 들면

'Twas brilling, and slithy tove
Did gyre and gimble in the wabe;
All mimsy were borogoves,
And the mome raths outgrabe.

'*brilling*'은 '오후 4시 — 정찬을 위해 뭔가를 굽기 시작한 시간'을 의미하고, slithy는 '유연한'(lithe)과 '늘씬한'(slimy), tove는 '배지와 같은 것 — 그것은 도마뱀 같은 것 — 그리고 그것은 타래송곳(corkscrews) 같은 것'(Carroll 187 — 88)을 의미한다. 여기서 오후 4시/굽기, 유연한/늘씬한, 배지/도마뱀/타래송곳과 같은 복수의 계열이 재버워크의 우발점을 통해 생성되며 단어들과 사물들 간의 표면 위의 사건을 형성한다.

들뢰즈는 『의미의 논리』 13계열 「분열증과 어린소녀」에서 "표면만큼 연약한 것은 없다"(*The Logic of Sense* 82)고 말하면서, 아르

---

27) Jabberwock: 알아들을 수 없는 말의 의미로 캐롤이 만든 단어, Jabberwocky와 같은 의미로 사용된다.

28) 들뢰즈는 캐럴에게서 세 가지 종류의 신조어를 구분한다. 축약하는 신조어들은 한 명제 혹은 일련의 명제들의 음절적 요소들에 근거해 복합적인 의미를 만들어 내며(합언), 순환하는 신조어들은 두 이질적 계열들 사이에서 공존과 좌표화의 종합을 수행하며(연언), 공존하는 계열들의 무한한 분지화를 수행하며, 선언적인 신조어들은 말과 의미를, 음절적 요소들과 기호학적인 요소들에 동시에 근거하는 분지화적인 기능을 한다.(선언)(*The Logic of Sense* 114)

토의 소수적 언어의 사용인 "비명－호흡"(cries－breaths)(cris－souffles)
(*Kafka* 26)을 언급한다. 아르토의 비명－호흡은 분리될 수 없는 음
향적 합성 속에서 자음과 모음을 녹여 버린 손상당한 음성적 가치
들로 파열하는, 열정－단어(passion－words)와 분절되지 않는 주음
적(tonic) 가치를 접합하는 행동－단어(action－words)로 구성된다.
이 두 단어들은 신체, 즉 조각난 신체와 기관 없는 신체의 이중성
과 관련하여 전개된다. 그것들은 두 개의 극, 즉 공포극(열정극) 그
리고 잔혹극과 관련된다. 그것들은 수동적인 것과 능동적인 것의
두 가지 유형의 무의미를 말한다.

아르토의 열정(외침, 호흡)－단어들은 분열증적 신체와 섞이는
파편들이며, 그 신체는 일관된 유기체가 아닌 침투 가능한 하나의
신체－체(body－sieve)로, 이질적인 파편과 조각들의 분절된 신체,
내부와 외부의 장벽이 없는 분열된 신체로 존재함을 말한다.(*The
Logic of Sense* 87) 열정－단어들은 중단 없는 카니발적 사지－절단,
용해, 흡수와 방출의 공포스러운 영역들 속에 섞인다. 그러나 분열
증적 신체가 이러한 가치들과 연결되어 하나의 유기체가 아니라
"새로운 차원의 분열증적 신체(schizophrenic body)로 고취, 감화,
소멸, 유체 전달을 통해서 부분 없는 한 몸체(최상의 신체, 아르토
의 기관 없는 신체)[29]로 작동하는"(*The Logic of Sense* 88) 전체성을

---

29) 기관 없는 신체: 잠재성의 개념으로 현실의 일부이다. 잠재태적인 것은 그 형태나 형
   상이 현실태적인 어떤 것으로 미리 결정되어 있지 않기에 현재의 지배적인 상태와는
   전혀 다른 방향으로 나아갈 수 있으며, 뜻밖의 사건으로 나아간다. 기관 없는 신체의
   목표는 창조, 순수잠재성의 확장이다. 『천의 고원』에서 저자들은 "우리는 결코 거기
   에 도달하지 못하며, 도달할 수도 없지만, 거기에 접근하는 것을 끝내 버릴 수도 없
   다. 그것은 극한이다"(*Plateaus* 156－57)라고 말한다. 이것은 비생산적인 지속, 강렬성
   이 보이는 지역, 기능하지 않는 욕망하는 기계, 모든 무의식적 과정들의 총체이다.

획득하는 순간이 있다. 정정호는 "기관 없는 신체는 삶이라는 모형 그 자체이며 강력한 비유기체이고, 강렬한(여기서 강렬성은 감각이나 느낌의 정도나 진동) 생명력인 반면, 유기체는 삶의 과정이 아니라 오히려 삶을 구속하는 것이다"(정정호 42)라고 주장한다. 아르토로부터 기관 없는 신체 개념을 수용한 들뢰즈는 한정된 유기체의 구조에 종속되지 않으면서 분열증적 신체 개념을 전개하여, 기존의 작가들과는 달리 역동적인 감각 즉 질료-흐름을 찾아가는 노마디즘적 실험적 과정을 높이 평가하게 된다.

기적적인 신체는 '행동-단어'(action-words), 즉 음향 물체의 분리할 수 없는 덩어리를 형성하는 소리-신체들과 결부되어, 언어적 기호를 잘게 쪼갠 음소적 요소로 원자화한다. 그리고 수동적으로 고통받는 열정-단어들과는 달리, 능동적으로 향유되는 즐거움을 갖게 된다. 행동-단어들은 "분절화가 없는 언어로 절대적으로 주음적(tonic), 비문어적 가치들로 대체된다."(*The Logic of Sense* 88-89) 행동-단어들과 열정(외침, 호흡)-단어들은 의미가 없다. 하지만 그 무-의미는 비물체적 표면이 아닌, 신체의 표면이며 그것들은 두 가지 유형의 무의미, 즉 수동적이고 능동적인 무의미[30]와 관련을 맺는다. 이는 음소적인 요소로 분해되어 의미가 박탈된 형태와 의미를 박탈당한 것과 마찬가지의, 분해 불가능한 단어를

---

[30] 그것들은 두 개의 극, 즉 공포 혹은 열정극 그리고 본질적으로 능동적인 잔혹극을 말한다. (……) 의미가 없는 단어의 무의미, 이것은 음성적 요소로 분해한다. 그리고 주음적 요소의 무의미, 이것은 분해될 수 없는 하나의 단어를, 그야말로 의미가 전혀 없는 단어를 형성하는 것이다. 여기에서 모든 것이 일어나고, 의미 아래에 표면으로부터 멀리 떨어져서 작용하고 영향을 받는다. 하위 의미, 하나의 의미, Untersinn-이것은 표현의 무의미와는 구분되어야 한다. 횔덜린(Hőlderlin)의 말에 따르면, 이 두 측면의 언어는 '의미가 비어 있는 하나의 기호이다.' 비록 기호이기는 하지만 그것은 신체의 행동 혹은 열정과 합병되는 기호이다."(*The Logic of Sense*, 90)

형성하는 주음적 요소들의 형태로 분류된다.

아르토는 비명-단어와 음향적 파편으로 격렬하게 파장을 일으키는 의식의 심연과 상호 침투되는 신체 영역을 열어 주었다. 그리고 아르토는 여러 가지의 단어들의 조직들이 파괴되어 하나의 단어로 표현된 것들로, '*rourghe*'와 '*rouarghe*'를 그 예로 든다. 그 단어들은 *ruée*[rush], *roue*[wheel], *route*[route], *régle*[rule], *route* à *régler* [축어적 의미: 보수해야 할 도로, 비유적인 의미: 곧게 펴야 하는 물질]와 같은 단어들을 모아서 만든 것임을 제안한다.(*Deleuze on Literature* 27) 아르토는 단어의 진보적이고 창조적인 해체, 즉 공존하며 파괴된 부분들과 혼합된 점착물(기관 없는 신체)의 유동 속에서 다른 신체들과 뒤섞이는 비통사적, 비문법적인 음향 실체와, 기호의 음향적 파편과 음향적 덩어리(tonic blocks)로의 용해에 참여한다.(*Deleuze on Literature* 27) 들뢰즈는 아르토가 "문학에서의 절대적인 깊이를 달성한 살아 있는 신체와 이 신체의 놀라운 언어를 발견한 유일한 작가"로, 캐롤의 전 페이지를 아르토의 한 페이지와 바꿀 수 없다고 극찬한다.(*The Logic of Sense* 93)

아르토는 단어의 진보적이고 창조적인 해체, 즉 공존하며 파괴된 부분들과 혼합된 점착물(기관 없는 신체)의 유동 속에서 다른 신체들과 뒤섞이는 비통사적, 비문법적인 음향 실체와, 기호의 음향적 파편과 음향적 덩어리로의 용해에 참여한다. 반면 캐롤은 언어에서 좋은 의미로부터 무의미에로의 미끄러짐을 유도해 내지만 단어와 사물들 사이의 표면은 유지된다. 좋은 의미의 조직화된 규칙성은 저해되지만, 그것은 조직화된 무의미의 형태로 대체되고, 여러 분기된 계열들을 가로지르는 우발점의 유희가 구축된다. 이

때, 우리는 캐롤과 아르토가 제기했던 비평의 문제가 "난센스가 그 형상을, 혼성어가 그 본질을, 대체로 언어가 그 차원을 변화시키는 미분적 수준의 결정"(*The Logic of Sense* 83)의 문제인 이유를 알 수 있다. 왜냐하면 캐롤의 표면에 있어서 언어가 그 조직을, 난센스 그 자체가 이상하게 구조화된 의미를 유지하지만, 아르토의 깊이에 있어서 언어는 무서운 기적적인 신체의 심연 속으로 사라지기 때문이다.

캐롤의 전도된 난센스는 아르토의 분열증적인 언어적 파편과는 아무런 관계가 없다. 그리고 그 두 사람은 들뢰즈가 "어린이, 시인, 광인의 그로테스크한 삼위일체"(*The Logic of Sense* 83)라고 부르는 것 안에 동화되지도 않는다. 들뢰즈는 두 개 이상의 용도를 가진 단어[31]들이 맥락상, 아이들의 셈의 노래나 시적인 실험들 그리고 광기의 경험들의 뒤섞임 같은 것을 지지하지는 않는다. 그리고 그 결과들을 유비적인 것으로 믿지도 않는다. 또한 바바(Babar)의 노래와 아르토의 외침(*cris—souffles*)인 "Ratara Ratara Ratara Atara tatara rana Oatara otara katara"를 혼동하지 않아야 한다고 주장한다.(*The Logic of Sense* 83) 그러면서 경탄과 숭배의 힘으로 느슨한 유사성 아래에 심층적 차이를 드러내는 미끄러짐(gliding: *glissement*)[32]

---

31) 어린소녀는 'pimpanicaille'를 노래할 수 있고, 예술가는 'frumious'를 쓸 수 있고 분열증 환자는 'perspendicace'를 말할 수 있을지도 모른다. 'perspendicace' 이 단어는 분열증 환자가 주체의 머리 위에 놓여 있고(perpendiculaires) 또 통찰력을 가지는(perspicaces) 정신들을 가리키기 위해 사용한 두 개 이상의 용도를 가진 단어들(portmanteau words)이다.(*The Logic of Sense* 83)

32) 미끄러짐은 일종의 글리산도이다. 글리산도는 음악에서 일종의 '사선' 내지 '대각선'을 그리는 연속적인 소리로 시작 음과 끝 음 사이에 있는 모든 음을 연속적으로 통과하며 그 사이에 있는 모든 주파수의 소리를 연주하는 것을 말한다.(노마디즘 II 147) 개별의 음들은 서로 섞여 공존하므로, 소리는 있지만 선율은 없고, 리듬도 없다.(166) 미끄러짐을 통해 나누어진 공간들은 섞이고 교차된다.

을 주목해야 할 것을 강조한다. 문제는 한 조직에서 다른 조직화로의 미끄러짐, 또는 점진적이고 창조적인 하나의 탈조직화가 형성되고 있음을 중요시하게 생각한다. 우리는 들뢰즈가 "캐롤과 아르토를 구분하면서 임상적인 문제를 하나의 조직에서 다른 조직에로의 미끄러짐, 즉 진보적이고 창의적인 탈조직화 형성"(*The Logic of Sense* 83)으로 보고 있다는 점을 기억할 것이다. 캐롤은 어린애와 같은 성도착자로, 아르토는 광란하는 광인처럼 보일 수는 있으나 하지만 그들에 대해 보그는 "작가로서 변별적 진단을 통해 다양한 리얼리티와 삶의 대안적 양식을 밝히는 문화적 진단가들"(*Deleuze on Literature* 3)이라고 주장한다.

아르토와 캐롤 외에 들뢰즈가 문화 진단가로 평가하는 작가 셀린느는 『귀뇰밴드』(Guignol's band)에서, 프랑스어에서 만들어 낸 용법을 언급한다. "또 다른 하나의 선을 따라, 최상의 순간에 감탄하는"(Kafka 26) 표현을 사용한다("우르르 쾅! 붕! (……) 대격돌이야! (……) 부둣가에 함몰되는 거리 (……) 그랜드 카페에 천둥이 치고 올리언즈가 무너지고 있다! 테이블이 떠내려가고 그 소리 공중을 가른다. (……) 마블 새다! (……) 빙글빙글 돈다. 유리창이 깨어져 산산조각 난다!")(Boom! Zoom! (……) It's the bigsmashup! (……) The whole street caving in at the water front! (……) It's Orléans crumbling and thunder in the Grand Café! (……) A table sails by and splits the air! (……) Marble bird! (……) spins round, shatters a window to splinters!).(6)

또 다른 예로, 『천의 고원』에서 들뢰즈와 가타리는 커밍즈(e. e. cummings)의 'he danced his did'와 'They went their came'과 같은

선을 연속적인 변이상태에 문법적 변수들을 둔 소수의 비문법성에 대한 예로 제시한다. 그들은 또한 베케트가 영어와 프랑스어로, 루마니아 출신 제라심 루카, 스위스인인 고다르 등이 외국어를 쓰듯 작품 속에서 더듬거리며 이야기하는 것을 소수문학적 실험의 예로 밝히면서, 제라심 루카(Gherasim Luca)의 '열정'(Passionément)을 언어의 더듬거림의 예로 인용한다.(*Plateaus* 98)("Passioné nez passionnem je/je t'ai je t'aime je/je je jet je t'ai jetez/jet'aime passionnem t'aim.") 들뢰즈는 "'그는 더듬거렸다'(He stuttered)에서 이 시에 대해 'I LOVE YOU PASSIONATELY [*JE T'AIME PASSIONNEMENT*]'라는 외침의 극한에서 단 한 번의 호흡, 마지막 음향 덩어리를 풀어 주기 위하여 모든 언어는 회전하면서 변화한다"(*Essays* 110)고 말한다.

그들은 소수적 문체주의자로 베케트를 언급한다. 「고갈된 것」 (The Exhausted)에서 들뢰즈와 가타리는 소수적 언어사용의 실천적인 면 두 가지를 언급하고 있는데, 그 첫째는, 완전히 열린 단어의 표면을 부수는 노력의 일환으로 구절 어구의 내부에 끊임없이 짧은 분절을 첨가하는 것이고(*Essays* 74)("folly seeing all this—/this—/what is the word—/this this—/this this here—/all this this here—/seeing —/folly seeing all this this here—")(Beckett, "What Is the Word?", *As the Story Was Told* 132) 두 번째로는 끊임없이 문장의 표면을 줄이기 위해 구절에 구두점을 표시함으로써 구멍을 내는 것이다 (*Essays* 174)("No. NOT Best worse. Naught not best worse. less best worse. No. Least. Least. best Worse").(Beckett, "Worstword Ho", *Nohow* On 118) 이러한 베케트의 방식은 문장의 중간에 자신을 위치시키고 그 문장을 중간으로부터 성장하게 만든다. 그리하여

그러한 더듬거림의 창조는 언어를 중간에서 자라게 만들고, 그렇게 함으로써 그것은 언어가 나무가 아닌 리좀으로 만들게 하고 언어를 끊임없이 불균형 상태로 만드는 것이다.(*Essays* 111) 리좀적 글쓰기는 소수문학의 글쓰기이다.

베케트는 1932년 미완성 유고작인, 『중류층 부인의 바자회의 꿈』(*Dream of Fair to Middling Women*)에서, 등장인물 벨라쿠아(Belacqua)가 "나의 독자들로 하여금 단락들 사이 침묵 속에서, 진술문의 조건이 아닌, 간격에 의해 소통될 것이다"(Beckett, *Disjecta* 49)라고 쓴다. 이런 문학적 기획은 벨라쿠와의 마음속에 "렘브란트 작품의 열개(裂開)하는, 역동적인 이접과, 색소와 어둠의 침투를 위협하는 회화적 구실 뒤에 잠복하는 함축"을 품게 하고, 렘브란트 작품에서, 그는 "파열, 불화, 표류, 전위, 진동, 트레몰로, 분해, 붕괴, 개화, 몰락, 조직의 복수화, 예술작품의 부식성의 여파"를 확인한다. 그리고 베토벤에게서, 유사한 "열개의 구두점, 표류하는 것, 산산조각 난 일관성을 주목하며" 작품들이 "무시무시한 침묵으로 잠식되어 가는"(Beckett, *Disjecta* 49) 것을 주목한다.

베케트는 이러한 초기 비평 텍스트에서, 표면 그 아래의 '유(有)나 무(無)'를 관통하려는 많은 노력을 한다. 표면 아래의 넓은 공간 전체, 즉 '침묵의 불가해한 심연'이, 언어의 베일을 찢고, 단어에 구멍을 내며, 단어의 표면을 용해시키는 것은 유비적인 형태로, 어떤 배경의 비언어적인 요소요소가 단어들 뒤에 잠복하고 있는지, 가시적 공허함 혹은 음향적 침묵에 대한 어떤 상대물이 언어 저변의 깊이로서 기능한지를 드러낸다. 베케트의 미학적인 기획은 본질적으로 부정적인 것 같고, 예술작품의 표면 뒤에 숨기는 것은 '유'

(有)라기보다는 '무'(無 또는 空)[33]이지만, 들뢰즈는 베케트를 다르게 읽는다. 들뢰즈는 "소리의 표면에 구멍을 낼 때, 공허 혹은 본질적인 가시성이, 침묵 혹은 본질적으로 청취할 수 있는 것이 밀려오는 것은 바로 질서 속에서이며, 표면을 꿰뚫는 순수한 강밀도"(*Essays* 173), 즉 본질적인 시각이나, 본질적인 청각, 즉 가시적이고 시각적인 것을 통해 활동하는 비가시적이고, 비청각적인 힘을 나타내는 순수한 시각적 음향적 이미지[34]를 통해서라고 주장한다.

앤토니 울만(Anthony Ulmann)은 『베케트와 포스트구조주의』(*Beckett and Poststructualism*)에서, 들뢰즈와 베케트의 친화성을 밝힌다. 울만은 "엄격하게 말하자면, 그들의 과업은 대립되는 것으로 받아들여져야 한다. 베케트는, 희화적으로, 부정(negation)과 무(nothing)의 표현, 실패, 존재의 비참함과 관련지을 수 있고 이 모든 것들은 베케트의 연구 영역의 비평적 상식인 한편, 들뢰즈는, 스피노자처럼, 어떠한 부정도 요구하지 않는 긍정의, 기쁨의, 긍정적 존재의 철학자인 것처럼 보인다"(9)라고 평한다. 그러나 울만은 "베케트가 부정을 향한 작업에 사용하는 일부 핵심 개념은 들뢰즈가 긍정을 향하면서 사용하는 핵심 개념과 같은 입장을 취하는 것으로 보인다. 요약하자면, 이 개념들은, 모두 내부적으로 얽혀져 있다. 즉 그것들은 내재성이다(존재의 일의성, 카오스와 동일한 존재). 그리고 일

---

33) '무(無)' 혹은 '공(空)'이라는 명칭으로 불리는 지대 혹은 '도'(道)라고 불리는 지대가 나타난다. 이를 들뢰즈와 가타리는 '일관성의 구도'(또는 정합성의 구도(the plane of consistency))라고 부른다.(이진경, 『노마디즘』 II 93)

34) '이미지 없는 사유'는 예술작품을 통한 미적 체험의 영역으로, 합리와 비합리의 구별 같은 것도 포함한 모든 분별지에서 벗어난 공(空)의 경지를 깨닫는 것과 비슷하다고 말할 수도 있다. 기도, 수행, 명상 혹은 공안(公安)을 통한 간화선(看話禪)과 같은 종교적 체험의 영역으로 나아가게 하는 것이라고 볼 수 있다.(정형철, 『들뢰즈와 가타리』 94)

종의 '반-플라톤주의'이다. 그리고 (변화, 되기로서의) 움직임에 대한 강조이다"(12)라고 언급하면서, 베케트에게도 들뢰즈의 내재성의 개념들을 찾을 수 있는 것으로 평하고 있다.

들뢰즈가 의미의 논리에서 보여 주고 있듯이 루이스 캐럴의 무의미한 작품들은 전 논리적인 의미, 이동하는 동일성과 인과율/시간성 사이의 가역적인 관계들, 현실적인 것과 상상적인 것, 물질적인 것과 개념적인 것, 가능한 대상들과 불가능한 대상들이 공존하고 서로 교차하는 그런 모순된 영역들의 수많은 예를 제공해 준다.(*Deleuze and Guattari* 119) 캐롤의 작품은 의미의 관념적 질료를 제시하지 않는다. 단지 명제들 내에 존속하는 대로 명제의 논리적인 관계들을 위반하는 패러독스를 통해 언어에로 밀고 들어가는 대로의 관념적인 물질이 제시되고 있을 뿐이다. 의미의 관념적인 물질은 비물체적 사건과 동일한 특징을 가지고 있다.

아르토와 셀린느, 루카와 베케트에게 단어 그 자체는 감화적 강밀도들이고, 직접적으로 언어적인 관습을 혼란시키는 언어 내의 탈기표적인 더듬거림이다. 언어의 강밀도적 사용은 언어의 의미 작용적 기능 외의 차원을 연구하는 것으로, 형태 없는 소리덩어리로 용해되고, 순수한 음향을 가지면서, 텐서를 이용해 언어의 내적 긴장을 가지고, 개념의 극한을 위한 움직임을 시도하고, 개념을 능가하고 역-의식(liminality)의 한계와 특정한 관계를 맺는 방식(Brown 2)을 말한다. 그리고 카프카 산문의 기본 요소 간의 반향들은 단순히 동물-되기를 통해 구성되는 절차에서 생기는 잔여효과로, 단어들을 통해, 단어들 위에, 단어들 너머에서 재현된 효과들이 서로 교통하는 분위기에 대한 증거로 볼 수 있다.

그러나 들뢰즈와 가타리의 소수문학적 사유는 부분적으로 비평의 소지를 가진다. 카프카의 분석에 있어서, 그들은 소리의 언어적 재현('He twittered'라는 구절)과 소리 자체(실제의 재잘거림) 사이에 혼돈을 일으킴으로써, 기본적으로 범주상의 오류를 범하고 있다. 로버트슨은 "어떤 의미로든 카프카가 독일어를 전복시키려고 했다고 믿기는 어렵다. 그는 언어학적 순수파이다. 그는 어떤 저작이든 출판되기 전에, 어휘, 철자, 구두점을 높은 수준의 독일어 표준에 맞추기 위해 각고의 노력을 했다"(27)고 말하면서, 들뢰즈와 가타리의 소수문학적 분석에 대해 비판한다.

하지만 들뢰즈와 가타리가 밝히는 소수문학은 가능성을 향한 실험적 의도를 가진다는 점과 특히, 언어 외부의 탐색에 대한 그의 업적은 주목할 만한 것이다. 들뢰즈는 소수문학의 작가들이 실험을 통해 가능성을 소진할 수 있는 네 가지의 수단을 밝힌다. 그것은 "사물을 소진하는 계열 형성"(langue Ⅰ), "목소리 흐름을 마르게 하기"(langue Ⅱ), "공간의 잠재력을 소진하기"(langue Ⅲ), 그리고 "이미지의 역능 분산"(langue Ⅲ)(*Essays* 161)이다. 첫 번째 두 가지는(langue Ⅰ, langue Ⅱ) 베케트의 소설, 드라마, 라디오 극을 지배한다. 그러나 나머지 두 가지는, langue Ⅲ의 동일한 요소인데 텔레비전 극에서만 나타난다. 순수한 이미지는 언어의 외부를 형성한다. 그러나 그 외부는 또한 "공간의 '광대한 넓이'"(*Essays* 160)를 가진다. 그러한 이유로 language Ⅲ은 이미지들과 임의의 공간35)으

---

35) 임의의 공간(any-space-whatever)인류학자 마끄 오제(Marc Augé)에게서 빌려 온 용어이다. 이것은 완전히 단일한 공간으로, 그것의 단순한 동질성은 잃어버린 공간이다. 다시 말해, 미터법상의 관계나 부분이 가지는 고유의 연관성을 잃은 공간으로 무한수의 방식으로 연결이 가능하다. 그것은 잠재적인 접속의 공간이며 가능성의 순수한 장

로 구성된다.(*Deleuze on Literature* 189) 결국 들뢰즈와 가타리의 소수 문학적 사유는 언어에 있어서는 탈기표적인 강밀도적인 사용, 베케트의 경우에서처럼 단어나 문장에 구멍 내기 등의 여러 가지 작업들은 현대 스토아주의라고 부를 만한 실천철학으로 이끌어 가고 있으며, 문학, 예술, 과학 간의 경계를 허물고 광대한 우주를 향한 무한으로 나아간다. 더욱이 들뢰즈가 정립한 사건의 존재론은 스토아 철학에 연계시킴으로써 우리를 삶, 죽음, 운명에 관한 깊은 성찰로 인도하고 있다.

소로서 파악될 수 있다. 만약 클로즈업을 통해서, 얼굴의 탈문맥화를 추출해 낼 수 있다면, 'espace quelconque'는 공간 자체를 탈 문맥화함으로써 효과를 추출해 낸다 (*Deleuze on Cinema* 80). 임의의 공간은 비−장소(non−place)라는 말로도 통한다. 현대 도시 공간에서 개인이 만남이나 횡단을 위해 방문하는 공항, 환승역, 호텔 대기소, 현금 지급기와 같은 '익명의 공간들'을 가리킨다. 오제는 임의의 공간들의 세 가지 특징으로 ① 시간과 사건의 과잉 속에서 영원한 실망과 기다림을 주는 공간, ② 세계의 다양성을 동질화하고 인구의 집중과 전송을 촉진하는 공간의 과잉, ③ 연결이 끊어진 공간의 증대와 사건들의 가속화에 따른 자아(ego)의 과잉을 꼽는다.(로도윅 500)

괄란디, 알베르토. 『들뢰즈』. 임기대 역. 동문선, 2004.

로도윅, 데이비드 노먼. 『질 들뢰즈의 시간기계』. 김지훈 역. 그린비, 2005.

보드리야르, 장. 『시뮬라시옹』. 하태환 역. 민음사, 1992.

사이드, 에드워드. 『문화와 제국주의』. 김성곤, 정정호 역. 도서출판 창, 1995.

서동욱. 『들뢰즈의 철학』. 민음사, 2002.

서동욱. 「들뢰즈의 마지막 스피노자 주의－들뢰즈 철학의 변모와 종착점」. 『철학연구』 제57집(2002): 237~251.

스피노자, 베네딕트 드. 『에티카』. 강영계 역. 서광사, 2004.

윤준. 「들뢰즈의 표현주의」. 『들뢰즈 철학과 영미문학 읽기』. 동인, 2003.

이광래. 『유목하는 철학자들』. 지성의 샘, 2006.

이진경. 『노마디즘 Ⅰ』. 휴머니스트, 2002.

이진경. 『노마디즘 Ⅱ』. 휴머니스트, 2002.

이정우. 『시뮬라크르의 시대－들뢰즈의 사건철학』. 거름, 1999.

정정호. 「들뢰즈를 통해 나는 어떻게 영미문학을 다시 좋아하게 되었는가?」. 『들뢰즈 철학과 영미문학 읽기』. 동인, 2003.

정형철. 「들뢰즈와 가타리의 노마디즘과 동양적 사유」. 『오늘의 문예비평』. 여름 49호(2003).

정형철. 『들뢰즈와 가타리－포스트구조주의와 노매돌로지의 이해』. 세종출판사, 2004.

카프카, 프란츠 「학술원에 드리는 보고」. 『단편전집』. 이주동 역. 솔, 1998.

홀랜드, 유진 W. 「정신분열증으로부터 사회 통제로」. 『들뢰즈 철학과 영미문학 읽기』. 양창렬 역. 동인, 2003.

Beckett, Samuel. *As the Story Was Told*. London: Calder, 1990

Beckett, Samuel. *Disjecta: Miscellaneous Writings and a Damatic Fragment*. Ed. Ruby Cohn. New York: Grove P, 1984.

Beckett, Samuel. *Nohow On*. London: Calder, 1989.

Boa, Elizabeth. *Kafka: Gender, Class, and Race in the Letters and Fictions*. Oxford: Clarendon, 1996.

Bogue, Ronald. *Deleuze and Guattari*. London: Routledge, 1989.

Bogue, Ronald. *Deleuze on Literature*. London: Routledge, 2003.

Bogue, Ronald. "Word, Image and Sound: The Non—Representational Semiotics of Gill Deleuze." *Memesis in Contemporary Theory* Vol 2: *Mimesis, Semiosis and Power*. Amsterdam/Philadelphia, 1991.

Brod. Max. *Franz Kafka: A Biography*. Trans. G. Humphreys Roberts and Richard Winston. New York: Schocken, 1963.

Brown, Andrew Michael. *The Poetics of the Minor: The Theory of Minor Literature in the Thought of Gill Deleuze and Félix Guattari*. Athens: U of Georgia P, 1990.

Carrière, Mathieu. *Pour une Literature de guerre, Kliest*. Trans. Martin Ziegler. Arles: Actes Sud, 1985.

Carroll, Lewis. *Alice's Adventures in Wonderland and Through the Loo king—Glass*. New York: Signer, 1960.

Carrouges. Michel. *Les Machines célibataires*. Rev. and aug. 1954; Paris: Chêne, 1976.

Céline, Louis—Ferdinand. *Guinol's Band*. Trans. Bernard Frechtman and Jack T. Nile. New York: New Directions, 1954.

Cendra, Blaise. *Moravagine*. Paris: Denoël, 1962.

Deleuze, Gill. *Bergsonism*. Trans. Hugh Tomlinson and Barbara Habberjam. New York: Zone Books, 1991.

Deleuze, Gill. Cinema *I: The Movement—Image*. Trans. Hugh Tomlinson and Barbara Habberjam. Minneapolis: U of Minnesota P, 1986.

Deleuze, Gill. *Difference and Repetition*. Trans. Paul Patton. New York: Columbia UP, 1994.

Deleuze, Gill. *Empiricism and Subjectivity: An Essay on Hume's Theory of Human Nature*. Trans. Constantine V. Boundas. New York: Columbia UP, 1991.

Deleuze, Gill. *Essays: Critical and Clinical*. Trans. Daniel W. Smith and Michael A. Greco. Minneapolis: U of Minnesota P, 1977.

Deleuze, Gill. *Expessionism in Philosophy: Spinoza*. MIT P, 1992.

Deleuze, Gill. *Foucault*. Trans. Sean Hand. Minneapolis: U of Minnesota P, 1988.

Deleuze, Gill. *Francis Bacon: The Logic of Sensation*. Minneapolis: U of Minnesota P, 2005.

Deleuze, Gill. *Negotiations 1972 — 1990*. Trans. Martin Joughin. Columbia UP, 1995

Deleuze, Gill. *Nietzsche and Philosophy*. Trans. Hugh Tomlinson. Minneapolis: U of Minnesota P, 1983.

Deleuze, Gill. *Pure Immanence: Essays on a Life*. Trans. Anne Boyman. New York: Zone Books, 2001.

Deleuze, Gill. *Proust and Signs*. Trans. Richard Howard. New York: G. Braziller, 1972.

Deleuze, Gill. *Spinoza: Practical Philosophy*. Trans. Rovert Hurley. San Francisco: City Lights, 1988.

Deleuze, Gill. *The Fold: Leibniz and the Baroque* Trans. Tom Conley. Minneapolis. U of Minnesota P, 1993.

Deleuze, Gill. *The Logic of Sense*. Trans. Mark Lester and Charles Stivale. Ed. Constantin V. Boundas. New York: Columbia UP, 1990.

Deleuze, Gill and Claire Parnet. *Dialogues*. Trans. Hugh Tomlinson and Barbara Habberjam. New York: Columbia UP, 1987.

Deleuze, Gill and Félix Guattari. *Anti —Oedipus.* Trans. Robert Hurley, Mark Seem and Helen R. Lane. Minneapolis: U of Minnesota P, 1977.

Deleuze, Gill and Félix Guattari. *A Thousand Plateaus*. Trans. Brian Mas sumi. Minneapolis: U of Minnesota P, 1987.

Deleuze, Gill and Félix Guattari. *Kafka: Toward a Minor Literature*. Trans. Dana Polan. Minneapolis: U of Minnesota P, 1986.

Deleuze, Gill and Félix Guattari. *What Is Philosophy?* Trans. Hugh Tomlinson and Graham Burchell. New York: Columbia UP, 1994.

Guattari, Félix. *Psychanalysis et Transversalité [Psychoanalysis and Transversality]*. Paris: Maspero, 1972.

Janouch, Gustav. *Conversations with Kafka*. Trans. Goronwy Rees. London: Quater Books, 1985.

Johnston, John. *Information Multiplicity: American Fiction in the Age of Media Saturation*. London: Johns Hopkins UP, 1998.

Kafka, Franz. *The Complete Stories*. Ed. Nahum N. Glatzer. New York: Schocken, 1971.

Kafka, Franz. *Dearest Father Stories and Other Writings*. Trans. Ernest Kaiser and Eithne Wilkins. New York: Schocken, 1954.

Kafka, Franz. *The Diaries of Franz Kafka: 1910−1913*, Ed. Max Brod. Trans. Joseph Kresh. New York: Schocken, 1948.

Klee, Paul *Paul Klee: On the Modern Art*. Trans. Paul Findlay. London: Faber, 1948.

Kleist, Heinrich von. *Penthesilea*. Trans. Humphrey Trevelyan. In The Classic Theatre, Vol. Ⅱ: Five German Plays. Garden City, NY: Doubleday Anchor, 1959.

Labov, William. *Sociolinguistique*, Cambridge UP, 1968.

Laplanche, Jean and J. B. Pontalis *The Language of Psycho−Analysis*. Trans. Donald Nicholson Smith. New York: Norton, 1973.

Lawrence, D. H. *Studies in Classic American Literature*. Harmondsworth: Penguin, 1971.

Lawrence, D. H. *Reflection on the Death of a Porcupine and Other Essays*, Éd. Michel Herbert. Cambridge UP, 1988.

Macherey, Pierre. The *Encounter with Spinoza*. *Deleuze: A Critical Reader*. Oxford: Blackwell, 1996.

Patton, Paul. *Conceptual Politics and War−machine in Mille Plateau*. Substa nce 44/45, 1984.

Proust, Marcel. *Remembrance of Things Past*. 3 vols. Trans. C. K. Scott Moncrieff and Terence Kilmartin. New York: Vintage, 1982.

Robertson, Ritch. *Kafka: Judaism, Politics, and Literature*. Oxford: Clarendon, 1985.

Scarry, Elaine *The Body in the Pain: The Making and Unmaking of the World*. New York: Oxford UP, 1985.

Simondon, Gilbert. *L'individu et sa genèse physico —biologique*. Paris: PUF, 1964.

Uhlmann, Anthony. *Beckett and Poststructuralism*. Cambridge UP, 1999.

Wagenbach, Klaus. *Franz Kafka: Années de Jeunesse*(1883 — 1912). Trans. Elisabeth Gaspar. Paris: Mercure de France, 1967.

Williams, James. "Gilles Deleuze." *Encyclopedia of Aesthetics* Ⅰ. Ed. Michael Kelly. New York: Oxford UP, 1998.

김승숙 ─────────────────────────────────────

■ 약력

　부산대학교 영어교육학 석사
　부산외국어대학교 영문학 박사
　동의과학대, 부산외국어대학교 출강

■ 주요역서

　『들뢰즈와 문학』, 로널드 보그, 동문선(2006. 7)

少數의 詩學 －들뢰즈와 가타리의 리좀적 思惟樣式

초판인쇄 | 2009년 1월 28일
초판발행 | 2009년 1월 28일

지은이 | 김승숙
펴낸이 | 채종준
펴낸곳 | 한국학술정보㈜
주　소 | 경기도 파주시 교하읍 문발리 513-5 파주출판문화정보산업단지
전　화 | 031) 908-3181(대표)
팩　스 | 031) 908-3189
홈페이지 | http://www.kstudy.com
E-mail | 출판사업부　publish@kstudy.com

등　록 | 제일산-115호(2000. 6. 19)
가　격 | 21,000원

ISBN　978-89-534-0986-6 93840(Paper Book)
　　　　978-89-534-0987-3 98840(e-Book)